HINT

HINT

大倉燁子　著
蘇暐婷　譯

梟之眼

刑警「惡鬼山梨」智捕國際大盜，大倉燁子推理短篇小說選集

導讀

日本文壇一花獨放、一星半點的女性偵探小說家——大倉燁子

◎余小芳／台灣推理作家協會常務理事、暨南大學推理研究社指導老師

《文豪Stray Dogs》中的強大異能者

由朝霧卡夫卡擔任原作、春河35作畫的日本知名漫畫《文豪Stray Dogs》（文豪ストレイドッグス），二〇一三年開始在角川書店旗下的《Young Ace》雜誌連載，人物採用著名文學家或作品為原型發想，將文豪及文學成品虛擬角色化，並賦予相對應的特殊能力，以現代橫濱為舞台，是使用異能戰鬥的熱血冒險故事。同名電視動畫於二〇一六年播出，並有劇場版、小說、舞台劇、手遊等衍

生作，結合現代動漫和前代文豪，因人物形象立體、構想鮮明趣味而廣受青睞與迴響，促使年輕族群關注故事中提及的文豪與著作。

其中，大倉燁子（おおくら てるこ）名列其中，典故出自日本同名女性小說家及其作品〈靈魂的喘息〉（魂の喘ぎ），為一九四七年（昭和二十二年）在《寶石》雜誌上刊登的推理小說。她泰半以年齡不詳的幼女形貌現身，是綁著單馬尾的小女孩，超能力是可自由操控自身，並瞬間改變接觸者的年齡和生理條件，戰鬥中若有需要則轉為成年樣貌；隸屬政府特種部隊「獵犬」，擔綱副隊長的職位，言語狂野犀利，經常恫嚇組織成員。如同《文豪Stray Dogs》內的其他角色，我們對大倉燁子的生平及來歷感到好奇。

戰前少見的日本女性偵探小說作家

大倉燁子是日本小說家，本名物集芳子，一八八六年四月十二日出生於東京府東京市，為目前東京都文京區，東京女子師範學校肄業，卒於一九六〇年七月十八日。她的父親物集高見是日本國學大師，兄長物集高量繼承父業成為學者及作家，妹妹物集和子亦是小說家。

透過政治學者吉野造作的引薦，拜劇作家中村吉藏為師。以文學為畢生職志，大倉燁子和物集和子成為日本小說家兼翻譯家二葉亭四迷的弟子。一九〇八年，由於二葉亭被派駐俄羅斯聖彼得堡擔任《朝日新聞》特派記者，將姊妹倆託付給同事夏目漱石代為照顧，她們後來一起成為夏目漱石門下的作家。一九〇九年至一九一二年之間，大倉燁子以本名物集芳子、筆名岩田由美、岩田百合子發表〈兄〉、〈生家〉、〈母〉等小說，也曾於女性文藝雜誌《青鞜》登載著作。

大倉燁子一九一〇年與外交官澤柳政太郎結婚，婚後以外交官夫人的名義前往美國及南洋。夫婦二人旅居歐洲時，接觸柯南・道爾的作品，埋下日後書寫類型小說的種子。一九二四年與丈夫離異之後，轉而寫作偵探推理類故事，成為戰前少見的女性偵探小說作家。

大倉燁子生活的日本國際局勢及文化

自日本推理小說發展史來看，偵探小說屬於外來的文學，而非日本原有的文學創作。以江戶時代真人真事的傳記事蹟為藍本，明治維新前後流行的大眾讀物皆為義賊、毒婦一類的故事。一八六八年為明治元年，明治維新之後，國內翻譯了與犯罪有關的審判實錄、偵探實話等實用性書籍，藉以介紹歐美政治、司法、教育等諸多制度。

將時光退回一八五三年（日本嘉永六年），那時美國東印度艦隊司令官馬修・培里（Matthew Calbraith Perry）親率軍艦駛入江戶灣浦賀港海面，當晚江戶城陷入恐慌，民眾前往神社禱告和乞求神風摧毀黑船。當時德川幕府以將軍重病為由，推辭美國商談開港的訴求，馬修・培里應允隔年再造訪。次年簽訂不平等條約，美國終以炮艦武力脅迫幕府開國。

因「黑船事件」的衝擊，遭逢內憂外患的日本認清西方文明的先進，展開一系列的日本現代化歷程，並從一個小小的封閉島國躍升世界強權。倚靠明治維新的全面西化與制度變革而引進偵探小說，伴隨此波浪潮，被公認為世界上首篇推理作品〈莫爾格街兇殺案〉（The Murders in the Rue Morgue），其於一八八七年十二月透過《讀賣新聞》轉譯連載，作者是素有「推理小說之父」稱號的美籍詩人愛倫・坡（Edgar Allan Poe），譯者為小說家竹之舍主人，該篇為日本首次引介的歐美推理小說。

一八八八年，黑岩淚香首回以類似改寫的翻案形式詮釋原著精神，將國外故事移師日本，人名、地名等專有名詞一律更改為日本名稱，於《今日新聞》連載英國作家休・孔韋（Hugh Conway）的《法庭之美人》（法庭の美人）大受歡迎。翌年黑岩淚香發表偵探短篇〈無慘〉（無慘），其被視為日本首篇原創偵探之作，之後偵探小說的創作風氣漸盛，但具備推理元素的作品為數不多。翻案偵探長篇受到讀者喜愛，成為偵探推理類著作的閱讀主流。

然而面對翻譯自西方的小說，日本文壇未必照單全收，一般民眾喜愛的犯罪讀物仍是較不重視描寫與對話的舊樣式故事。一八九五年，日本近代文學團體「硯友社」基於對翻譯偵探小說的不滿，採取海量出版、廉價出售的策略，號召硯友社派作家匿名撰寫劣質作品抵制，推行史上第一套名為「偵探小說」的推理叢書。此舉帶動以叢書樣態大量出版偵探小說的熱潮，無奈內容因陋就簡、粗製濫造，風潮持續數年即告瓦解。

一九一六年，日本迎來第二波偵探小說熱潮，特色為歐美偵探推理作品再度被大舉輸入日本。多以作品集或叢書的方式發行，有意譯或節譯等，翻譯品質良莠不齊，但刊行前簡介黃金時期優秀之作，讓普羅大眾正確認知偵探推理故事，從而引發閱讀需求且激發相關創作。

一九二〇年一月《新青年》創刊，由於刊載外國偵探小說深獲好評，發刊隔年應讀者喜好擴大偵探小說版面，並系統性引進歐美推理傑作，邀集文藝評論家撰寫評介。此外，鼓勵有志偵探推理創作的新人投稿，培育了許多日本知名作家，如江戶川亂步、橫溝正史、甲賀三郎、夢野久作等。其中，「日本推理小說之父」江戶川亂步一九二二年以超標的字數完成兩篇完整的偵探小說，分別為〈兩分銅幣〉、〈一張收據〉，並直接投稿給《新青年》主編森下雨村。一九二三年，森下邀請評論家小酒井不木專文推薦刊載〈兩分銅幣〉，另於七月刊登〈一張收據〉，江戶川亂步因備受稱許而翩然出道，為日本偵探小說朝世界推理文壇邁出步伐的重要起點，這一年被稱為「日本推理文學元年」。

在快速現代化的十九世紀末及二十世紀初，偵探小說長驅直入，大倉燁子生長的年代即處於日本類型小說萌芽之際。

推理女傑大倉燁子對偵探小說的貢獻

一九二四年離婚後，大倉燁子曾有段時間擔任三弦曲的講師，之後轉換至偵探小說的領域，以中村吉藏（中村春雨）、森下雨村、大下宇陀兒等三位大師為學習與研究對象，日後發表作品於《All 讀物》、《新青年》及《寶石》等雜誌。一九三四年〈妖影〉推薦文為菊池寬所寫；一九三五年出版短篇作品集《舞動的繪影》（踊る影絵），成為日本首位出版單行本偵探小說的女性作家，同年發行長篇小說《殺人流線型》。

大倉燁子擅長以文學性手法陳述故事，筆法細膩，有時摻雜懸疑氛圍，重視人物角色的心理描摹，所撰寫的推理小說並非那麼正統。戰前作品題材多為諜報類，戰後則創作帶有心緒轉折、心理異常等要素為主的推理犯罪小說。在她車載斗量的諜報類作品之中，前期塑造了以私家偵探S夫人為主角的系列，側重國際事件及怪奇心理的描繪，反映大倉燁子曾為外交官夫人的經歷，也立下早期日系女性偵探的典範。

本書收錄七篇作品，分別是一九三五年〈蜈蚣的腳步聲〉（むかでの跫音）、一九三七年〈梟之眼〉（梟の目）、〈藍色包裹〉（青い風呂敷包）、〈美女馴鷹師〉

〈美人と鷹匠〉、一九三八年〈深夜的訪客〉（深夜の客），以及一九四八年的〈大和茶花女〉（和製椿姫）與〈那張臉〉（あの顔），意境不一、風格各異，出版社考量閱讀節奏和張力，全書並未按照創作年代編排，但可從中一覽大倉燁子的行文風采，比如地域性強，描述角色所在地，讓讀者身歷其中；又如人物長相出眾，或性格及原委予人深刻印象；而或許和作者本身的生理性別有關，推動劇情的主要角色皆是女性，故事收束時能對應畫龍點睛的篇名，產生原來如此的讚嘆。

前二篇環繞「盜賊俠士」的主題。〈梟之眼〉劇情峰迴路轉，場景為格蘭德飯店盛大舉辦美國觀光團的迎賓舞會，梅田子爵夫人的扒手兄長心生好奇，無暇顧及令竊賊戒慎恐懼的山梨刑警，百般探尋國際大盜真面目。〈深夜的訪客〉中，偵探櫻井洋子接獲緊急來電，並在火車上聽聞俠盜尾越千造逃獄的消息，而委託者在偵探抵達宅邸前已死亡，委託人之女涉嫌重大，最終揭露謎底且翻了舊案，充滿情義及溫暖。

第三、四篇的核心圍繞「紅顏之禍」。〈美女馴鷹師〉發端日常，松波博士太太小夜子某日收到註明丈夫親閱的來信，九年前曾在自家工作的婢女花兒借信講述一段過往的祕密。爾後兒子對街頭絕美馴鷹師的表演心醉神迷，充斥致命吸引力，屬於身分調換的懸疑犯罪小說。〈大和茶花女〉是偵探日名子受朋友東山春光之託，調查病危小妾被綁架一案，過程引人疑竇，結局溫婉而展現人道。

再者以「涉及人命的案件」為主軸。〈那張臉〉為過往情人請託刑事辯護律師尾形博士幫忙，鉅細靡遺闡述青年殺嬰案始末，結尾不禁思索神父和律師本質的異同。〈藍色包裹〉挑戰繩結打法和不在場證明。咖啡廳服務員江川初子清晨返家，見壁櫥內有個打水手結、裝著屍體的藍色包裹大驚失色而報案；雖有私家名偵探山本桂一登場，但實則是刑警辦案的篇章。

最末篇〈蜈蚣的腳步聲〉敘述擔任園部新生寺住持，同時是已故丈夫的伯父切腹自殺身亡，「我」在葬禮結束後的回程火車巧遇天光教總務，長髮紳士聲稱伯父被夢境及幻影所殺，是縈繞於千手觀音和蜈蚣的驚悚故事。

大倉燁子是日本早期女性偵探小說家，具靈學背景，文學少女時代師事中村吉藏、二葉亭四迷、夏目漱石等名家，純文學底蘊渾厚，加上婚後旅居海外的生活經驗，見多識廣，為她喜愛的文學注入活力。類型小說萌芽初期，透過她的理解和想像擴展了偵探推理文學的樣貌，走向或溫馨親切或曖昧恐怖，於文壇創作不輟，發展匠心獨具又饒富樂趣的作品。

目次

梟之眼

她的眼睛會說話，偶爾四目相接時都令春樹有觸電的感覺。不知她是日本人還是西方人，甚至可能是混血兒，總之她的眼眸充滿了不可思議的魅力。

口袋中的鑽石

陽子難得早起，化好早上的妝以後，坐在陽台藤椅上伸直雙腿，一邊喝著可可飲，一邊頻頻觀察手錶。

客廳座鐘敲響了九點的鐘聲，此時門鈴正好響起，工讀生連忙通報珠寶商杉村到了。此人表面上是珠寶商人，實則暗中周旋於貴婦圈，專門做出租的生意，他也仲介交換戒指、手錶，因此深受貴婦圈青睞。他圓滑地恭維了幾句，在女傭進來送茶點的時候，從包包將戒指一個個慢慢掏出來，在桌子上一字排開，女傭離開後，他又從懷裡拿出另一枚戒指。

「這是在巴黎購入的，切割還很新——這樣的好貨可謂難得一見，不知您意下如何？兩千五百圓算是很便宜了。」

那是一枚看起來超過三克拉的純白鑽石戒指。陽子將它戴在如蠟燭的細長手指上仔細端詳，好想要，真的好想要！可是她沒有足夠的珠寶可以換取這枚戒指，假設無論如何都要得到它，勢必得多付一大筆錢。然而她只是個年僅二十一歲的少婦，結婚不到半年，要籌措那麼多錢還真是有點困難。她很想要這枚戒指，想要得不得了，但是她只能忍耐，最後便折衷以紅寶石戒指再加上一點錢，借了一枚能戴在小指上的侯爵夫人鑽石戒指。

杉村將戒指收回包包裡，說道：

「聽說美國觀光團要舉辦盛大的舞會，您會出席嗎？」

「嗯，我有收到邀請函，也打算出席。」

「為了那場舞會，大家都使出了渾身解數啊。偷偷告訴您——其實我們大部分的高級商品，都因為那場舞會而被包下了。」

杉村離開後，陽子仍對那顆三克拉的鑽石念念不忘。身為梅田子爵夫人，居然沒有一顆那種等級的鑽石，實在太丟臉了。就在她一面想著該如何買下那枚鑽戒，一面望著庭院發呆的時候，走廊傳來了急促的腳步聲，是親二哥平松春樹來探望她了。

「哥，你來啦。」

看到哥哥的臉，陽子突然好想撒嬌，不自覺地就紅了眼眶。她差點脫口說出「我好想要那枚鑽戒」，但是她咬緊嘴唇忍了下來。這件事絕對不可以說出口，要是被哥哥知道她那麼渴望那枚鑽戒，向來疼妹妹的春樹絕對不會默不作聲，必定會想盡辦法幫她弄來——她害怕哥哥會不擇手段。

「哥哥也會參加舞會吧？好像會有很多西方女士出席，她們一定都很漂亮吧。」

「聽說一半以上都是美國人，到時肯定是一片鑽石海。妳還是不要戴珠寶去比較好，妳的戒指都太小家子氣了，只會相形失色。」

陽子陷入了沉思，彷彿根本沒在聽哥哥說話。忽然間，她似乎想到了什麼好點子，精神一振地說：

「原本我想說買不起鑽石就算了。可是，哥——我等一下想去三越百貨，那邊可以月底付款，到時候再想辦法籌錢就好。我真聰明，想到這個好主意——

嗯，就這麼辦，去三越百貨看鑽戒！」

「傻瓜！我不是叫妳不要戴珠寶嗎？小小的鑽石多丟臉——」

「所以我要買大鑽石！」她興沖沖地衝進化妝室，用粉撲拍了拍臉，穿上外套，喜孜孜地走出來。

春樹苦笑了一下，點燃了一根菸。

「那我送妳過去吧。」

兩人便一道出門了。

陽子在三越百貨前跟哥哥告別，腳步輕快地踏進電梯。她的腦中現在只有滿滿的鑽石。

離開電梯後她直奔珠寶專櫃，隔著櫥窗挑選。忽然間，一顆大鑽石映入眼簾，它被眾多戒指包圍在中央，如女王般閃耀著璀璨的光輝。這顆鑽石比杉村帶來的還要漂亮得多。她立刻叫來認識的店員，用手指咚咚地敲著玻璃窗，說：

「我可以看看這個戒指嗎？」

店員把掛著五千八百圓標籤的戒指遞給陽子，又將五、六枚她可能會喜歡的戒指一併排開來給她看。她一一戴在手上，看得出神，但還是最喜歡一開始看到的標價五千八百圓的戒指。她真的好想買下來，想到這就不禁嘆了口氣。哪裡有這麼一大筆錢呢？萬一到時候付不出來怎麼辦——她覺得眼前一片漆黑。可是，總會有辦法的吧？不管了，買下來吧！她漲紅著臉，一直緊盯鑽石，盯著盯著居然頭暈眼花起來。她突然回神，恢復理智。我這樣打腫臉充胖子要做什麼呢？我根本沒有那麼多錢——要是一時衝動買下去，月底就完蛋了，還是乖乖放棄吧。她依依不捨地摘下戒指，放回盒子裡，垂頭喪氣地正要歸還時，發現身旁的店員不見了。她四處張望，旁邊也有一名女士正在挑戒指挑得入迷，那名女士乍看之下很像西方人，一襲洋裝既體面又合身，從帽子到鞋子都是灰色。她身材高挑、優雅迷人，令陽子忍不住一直看著她。也許是被盯得太久，女士迅速轉身離開了。此時店員也回來了，陽子便將戒指還給了店員。

「有個款式我很喜歡，下次我再來看看——」陽子說完，黯然離開了三越百貨。

她在銀座走啊走，眼見夕陽西下，便叫了一輛計程車回家。到家後，她沮喪得連脫外套的力氣都沒有了，接著愈想愈難過。

「嗚，我好想要那顆鑽石哦！」

陽子嘆氣時，心聲也脫口而出，令她頓時覺得很不好意思。她滿臉通紅地起身，從口袋中掏出手帕，豈料「噹啷」一聲，有東西掉到了地板上。她疑惑地一看，一個潔白、閃亮的小東西在地上滾動，停在房間角落的牆邊，在燈光下發出耀眼的光芒。

是鑽石，是鑽石戒指！

是那枚早該還給三越百貨店員、標價五千八百圓的戒指！她覺得彷彿有一道電流從頭竄到腳底，令身體僵硬、無法動彈。

為什麼那顆鑽石會在口袋裡？難道是因為她太渴望它了，一瞬間的願力讓它滾進了口袋嗎？怎麼可能——想也知道不會有那種事，可是她的確看過通靈者吸引物品。如果那是真的，會不會——

陽子感到害怕了。

她開始擔心三越百貨來興師問罪，就算她不是有意為之，但會不會有人撞見了她把戒指放進口袋的瞬間呢？如果她被告發怎麼辦？還是要立即把戒指還回去呢？可是那樣很像做賊心虛，說不定反而會被懷疑，還是乾脆保持沉默，裝作毫不知情呢——

她將戒指用紙包好，總之先塞進了不會被人發現的衣櫃抽屜裡，然後上鎖，接著走到陽臺，試圖讓自己冷靜一下。她想向丈夫坦承這件事，找他商量，可是這麼做也有風險，因為丈夫是個有道德潔癖的人，未必不會誤會她。

另外還有一件事，彷彿一根扎在心裡的刺，令她隱隱作痛——那就是她的哥哥。

春樹相貌堂堂，在校成績優異，而且多才多藝，可是從小就愛偷東西。據他所說，那是因為別人太笨太蠢，讓人有機可乘才會被偷，他們臉上明明就寫著快來偷我，卻從不檢討自己粗心大意，還敢罵別人是小偷，實在可笑。陽子其實很能體會他的心情。

春樹並不是因為缺東西才去偷，而是把別人的寶物私下拿走，會令他感到很愉快，偷東西的瞬間會產生難以言喻的快感，為了品嘗那股滋味，他才會一而再、再而三地偷竊。東西到手後他也從不留戀，甚至會查出物主的住址，將東西寄還回去。誰會料到平松子爵的次子是個扒手呢？據他所知，只有妹妹一個人知曉，但這個好玩的遊戲自從陽子嫁入梅田家之後也中斷了。難道說，愛偷東西是家族遺傳，不知不覺間就在她心中生根發芽了嗎？想到這裡，她就悲從中來。

灰衣女子

陽子做了一個遭到警方傳喚的夢而醒來。紗質睡衣被汗水濡濕，緊貼著皮膚。

丈夫已經醒了，正在讀報紙。她抬頭觀察他的臉色，想知道是否有什麼消息。

「妳好像說了一些夢話。」

她嚇了一跳，轉頭讓心情平復下來，若無其事地問道：

「報紙上——有刊登什麼有趣的新聞嗎？」

「嗯，有一篇扒手集團被捕的報導，標題是《電車慣竊》，還刊登了抓到扒手集團的山梨刑警的照片。這個男人最近來過我們公司，我和他聊了一會兒，對他印象頗深。」他說完，將報導朗誦出來。丈夫大概是因為認識這位刑警，對這則新聞格外感興趣，這令陽子有些坐立難安，可是默不作聲也不太好。

於是她假意問道：

「山梨刑警是個怎樣的人？」

「既年輕又能幹，長相也很俊美，是警視廳中數一數二的美男子。據說在扒手之間，大家都叫他『惡鬼山梨』。」

「把美男子形容成惡鬼，也太缺德了。」

陽子不想再繼續這個話題，便看了一下床頭的鬧鐘，故作驚訝地從床上跳起來。

「哎呀！已經超過八點了。」她連忙離開臥室，跑進隔壁的房間。大型穿衣鏡中的她臉色蒼白，她感到頭痛欲裂。

等丈夫出門後，就回娘家找春樹商量吧。哥哥經驗豐富，一定最能體會妹妹的處境，他絕對會幫忙的，而且也會出錦囊妙計。

她壓抑住心中的苦楚，刻意打起精神。送丈夫出門後，她立刻打電話回娘家，可是哥哥還沒起床，於是她只交代了有急事，要立刻回娘家一趟。正要走出電話室時，發現女傭在門口等她。

「有位女士說她想見夫人一面，特地前來拜訪。」女傭說道。

陽子的心頭莫名一驚。

「什麼？女士？叫什麼名字？」

「她不願意透露，只說是夫人的同學，見了面就會認出來——」

「她長什麼模樣？」

「是個美女，身材高挑、大眼睛，打扮時髦，灰色的洋裝非常適合她——」

陽子聽著聽著，膝蓋喀啦喀啦地顫抖起來。灰衣女子！身材高挑、大眼睛，該……該不會是她？灰衣女子曾在三越百貨的珠寶專櫃前，跟自己一樣專注地挑選戒指，難道她不是顧客？洋裝專櫃區的確有很多打扮時髦的店員，說不定她也是其中的一員。一想到這裡，陽子就更焦慮了。或許是三越百貨顧及她是梅田子爵夫人，不願把事情鬧大，便先安排了一個員工來和她好好談談。

她忘了丈夫平日常常叮嚀沒事不要跟陌生人見面，便讓這個來歷不明、連名字都不肯報上的女人進了客廳。

「幫我們泡茶就好，但要等我搖鈴以後才可以進來。」陽子吩咐的口氣不自覺加重，心臟怦怦狂跳，迅速打開客廳的門。果真是她——

灰衣女子微笑著鞠了一躬。

「昨天真是失禮了，事發突然，您一定很驚訝吧？」對方狀似親暱地說道。

陽子希望她能儘快說明來意，因此只是淡淡地「嗯」了一聲，微笑地保持沉默。

女士點了根火柴，熟練地引燃菸卷。陽子心裡忐忑不安，望著冉冉升起的煙霧，心想不知道她要說些什麼。半晌後，灰衣女子將抽到一半的菸迅速插進菸灰缸裡。

「夫人應該已經明白了——我為何突然來訪了吧？」

灰衣女子意味深長地看著她，咧嘴笑了起來。

陽子的嘴唇在發抖，目光落到了膝蓋上。

「我不知道……什麼也不知道……」她聲如蚊蚋地回答。

「哎呀，夫人還不明白嗎？我是來找您要回昨天寄放在您那兒的東西。」

「東西？」

「呵呵呵，夫人還要裝傻嗎？您也挺賊的嘛。我把那顆鑽戒——放進您的口袋裡了。」

陽子嚇得差點停止呼吸，原來那顆鑽戒是這位女士的。

「呵呵呵呵，您不必這麼驚訝。此事與您無關，您不必承擔任何罪責，因為那顆鑽戒是我偷的，只是我稍微借用了您的口袋而已。這在我們圈子是慣用手法，不過——這還是我第一次向外行人借口袋呢。那就請您把它還給我吧。」

陽子聽得目瞪口呆，不過當她得知這個女人不是三越百貨的店員，而是個女扒手時，頓時安心不少。只要知道小偷是誰，她就能洗刷嫌疑了，即便三越百貨派人來問，也只需要告訴他們這位女士的事情就好。

她歸還戒指後，鬆了一口氣。

灰衣女子高興地將戒指放在手掌上，陶醉地欣賞它。

「夫人，我這只是雕蟲小技，您不必過於驚訝。您會參加明天晚上的舞會對吧？據說那個觀光團裡混入了一名國際大盜，她是傾國傾城的美女、眾人眼中的貴婦——在全世界的扒手圈子裡，就像女王一樣尊貴，是不是很令人崇拜？真希望我也能見上她一面——」

女人熱切地說道，彷彿在和圈內同行分享小道消息。

原本陽子還對那顆鑽石心心念念，現在欲望已經完全消退了。歸還戒指之後，她感到如釋重負，心情輕鬆多了。

灰衣女子離開後，陽子立刻跑回娘家找春樹，告訴他昨晚到今天所發生的事。

「我把鑽石還給她了——應該不要緊吧？我這樣算是幫助犯嗎？」

「只要不是現行犯都沒事，有前科的話就另當別論了——不過我看那個女人也沒什麼威脅性，妳不用擔心。倒是她說有個國際大盜混進了觀光團裡？嗯，她這人真有意思，能不能介紹她給我認識？」春樹雙眼發亮地說道。

國際大盜

觀光團的迎賓舞會在格蘭德飯店的大廳盛大舉行。

平松春樹穿得英俊瀟灑，和盛裝打扮的妹妹陽子一同趕至會場。十幾名主辦方的紳士淑女整齊地排成一列，在入口迎接來賓。陽子似乎被這陣仗嚇到了，有些卻步，她轉向春樹，慌忙地說：

「大家都穿得那麼漂亮——我覺得好丟臉，你快幫我把這條項鍊拿下來。」

春樹苦笑了一下。

「傻瓜，我不是跟妳說過不要戴嗎？」

他一邊說著，一邊將鑲嵌了紅寶石和珍珠的項鍊解開。

陽子走在春樹前面，從那排迎賓人員面前經過，一一向每個人打招呼。當她走到中間的時候，不經意地瞥了下個女人的臉，嚇得停下了腳步。那不正是昨天見到的那名灰衣女子嗎？她左手上還戴著一顆燦爛的鑽石——正是陽子見過的那枚鑽石戒指。為什麼扒手會以主辦方的身分站在這裡呢？陽子太錯愕了，一時愣在原地，對方握住了陽子的手，高興地露出微笑，親暱地說：「昨天真是打擾了——很高興您今晚大駕光臨。」接著向旁邊的夫人介紹：「這位是梅田子爵夫人。」春樹站在陽子身後，便和這位不知名的灰衣女子握了手，還自我介紹。

通過行列、進入大廳以後，陽子四處張望了一下，貼在春樹耳邊說道：

「哥，那個灰衣女子就是扒手，這下該怎麼辦？」

「呃，可是她站在主辦方的接待行列裡，妳會不會認錯了？隨便說人家是扒手可不好。」

「但是——她剛剛也說昨天打擾了，所以一定就是她沒錯啊。」

「如果真的是她，那就太有意思了——我要再去會會那個女人。」他說完，顧不得陽子的勸阻，又走回入口去了。

陽子無奈地目送哥哥的背影離去，轉身回到自己的小圈圈了。

春樹優雅的風采及大方的談吐深受西方人青睞，年輕女孩們更是對他崇拜有加，不一會兒，他的行程就被約滿了。

濃烈撲鼻的香水、甜膩的肌膚香氣、柔嫩細緻的頸項以及奶油色的酥胸，都沒有勾起他任何的欲望，唯獨鑽石的魅力讓他無法招架，那股恐怖的誘惑幾乎令他失去理智。春樹緊盯著珠寶，在大廳裡來來回回，幾度撞見灰衣女子。起初她只是默默行禮，接著是微笑，最後是親暱地使眼色。她的眼睛會說話，偶爾四目相接時都令春樹有觸電的感覺。不知她是日本人還是西方人，甚至可能是混血兒，總之她的眼眸充滿了不可思議的魅力。

聽說國際大盜就混在舞會中，但在場的每一位都是有頭有臉的人物，實在找不到可疑人士。然而春樹還是很想找到她，於是不停地觀察身旁一個換過一個的女伴。

十二點的鐘聲響起時，銅鑼敲了一下，通知來賓們用餐。甜點叉才剛放下，音樂隨即響起，大家口頭上抱怨著行程太緊，卻都迫不及待地將餐巾扔到桌子上，奔向大廳。春樹喝完香檳後興致勃勃，他搖搖晃晃地踩著舞步與灰衣女子共舞，隨後又牽起一位銀髮豐腴貴婦的手。這名貴婦看起來是一位大富婆，戴著一條不適合她年紀的奢華項鍊，碩大的鑽石垂掛在她胸前，閃爍著耀眼的光芒。

在酒精催促下，春樹的膽子更大了。他假裝陶醉在舞蹈中，另一隻手繞到背後摸索那彷彿陷入脖子裡的細鍊，一解開扣環，項鍊就滑進了他的口袋裡。那位銀髮女士還沉浸在舞蹈中，完全沒有察覺到發生了什麼事。一會兒過後，她才突然注意到胸前的鑽石不見了，放聲尖叫起來。

大廳裡一片嘩然，飯店經理一臉困惑、面色鐵青地陪銀髮女士走進了另一個房間。

發生什麼事了？大家交頭接耳、你問我答，消息很快就傳開了。貴婦們不約而同地檢查起自己的珠寶是否遺失。

「聽說她被香檳灌醉了。」

有人說道。

「會不會是掉在哪裡了？」

「不對，一定是遭竊了，她可是美國的大富婆啊。」

舞會頓時冷了下來。

項鍊

就在會場因為項鍊遭竊而人心惶惶時，平松春樹正愉快地在地下室的酒吧喝酒。他開心得不得了，不僅攔住服務生說說笑笑，還倒酒給他。服務生告退後，他突然覺得有點寂寞，一個人小口小口地啜飲起來。就在這時候，後面響起了輕盈的腳步聲，灰衣女子俐落地走了進來。

「給我蘭姆酒！」她說完，環顧了一下包廂內哪裡有座位，看見他的臉時，她立刻露出笑靨，迅速走到他身旁，春樹連忙讓出一半的座位給她。

「你怎麼一個人跑到這裡來了？我都不知道你是什麼時候溜出大廳的，你不是答應過要陪我喝酒嗎？竟然把我扔在一旁，好過分。」

「我有點累了，打算休息一下再回去，就喝了點酒提振精神。等會兒妳要再陪我跳一支舞嗎？」

女子驚訝地說：

「咦，你不知道嗎？舞會已經結束了，有個壞蛋偷了銀髮夫人的項鍊，大廳裡正因為這件事而人心惶惶呢。」

春樹噗嗤一笑。

「真不知是誰幹的？又落到了誰的口袋裡？」

「呵呵呵，看來令妹都告訴你了，真令人害臊。」她笑著，瞪大了雙眼。他微微正色道：

「但我總覺得事情有些蹊蹺。我聽妹妹說完以後，馬上打電話到三越百貨，他們卻說沒有任何鑽石遭竊。」

「那也沒什麼好奇怪的，因為我根本沒動三越百貨的鑽石，塞給令妹的是我帶去的贗品。」

「妳準備得可真周到，但妳只是叫我妹妹把贗品還給妳，居然沒有敲她一筆竹槓？」

「我那麼做不是為了敲竹槓，而是另有目的。」

「什麼目的？」

「我想見你，打算透過令妹介紹我們認識，為此我才大費周章，演了一齣戲。」

春樹感到有些心癢難耐，他並不討厭這種感覺。

「今晚我是被妳的話吸引過來的，可惜我分不出誰是國際大盜。」

「哎呀！想不到你對這種軼聞會有興趣。其實我一看就知道了，那個國際大盜八成就是——」她說著微微起身，不知怎麼的鞋子滑了一下，人往前撲、差點跌倒，幸好春樹彎腰扶住了她的肩膀。她重新站好，嬌羞地道：

「這玩意兒——我就收下了。」她將一個冰涼滑溜的東西放在他掌中，用斬釘截鐵的語氣道：「這條鑽石項鍊！」春樹的心猛然跳了一下，他專注地凝視掌心，灰衣女子洋洋得意地拎起項鍊，卻不禁小小地「啊」了一聲。那確實是項鍊，但上面鑲的不是鑽石，而是紅寶石和珍珠，一看就比銀髮女士的鑽石項鍊便宜許多。春樹紅著臉，一把搶過項鍊，塞進自己的口袋裡。

「妳這是在挑釁我嗎？告訴妳，這不是我的東西。」

「那是誰的？」

「我妹妹的。我跟陽子說過不要戴這種便宜貨，但是她偏偏不聽，硬要戴在脖子上，結果到大廳入口突然覺得丟臉，就拿下來放在我這裡了。」

她臉上浮現出失望的神色，苦笑了一下。

「不過，妳的手法確實高明。」春樹滿心欽佩地道，接著嘖了一聲。

「可惡，我太大意了，以前我從來沒有栽在別人的手上——」

「沒辦法，誰叫你的對手是我呢？」

「妳說什麼？」

「對上國際大盜，即便是平松少爺也難以匹敵嘛。」

「呵，真的是妳，我猜得八九不離十。話說回來，觀光團有大盜混入，肯定會引發軒然大波，妳若是太小看警方，小心落入法網啊。」

「別擔心，警方就算拚命抓我，我還不是照樣在大東京的市中心逛大街、參加舞會？我這個人最喜歡蛇了，我就跟蛇一樣擅長溜走，想抓還抓不到呢。對我來說，法網還太鬆了點。」

她的自信令他震撼地一時說不出話來，女子突然話鋒一轉：

「像我這樣在世界各地行竊的女賊，也會思念故鄉，所以我才悄悄加入觀光團回到日本。這次我回國不僅僅是為了做生意，也是想偷偷探望母親和幾個妹妹，因為我不能正大光明地和她們見面，很可悲對吧？家父是個嫉惡如仇的人，他如果見到我，肯定會二話不說把我交給警方，我沒有勇氣掙脫他的手逃走，所以一開始就斷了見面的念頭。我只能遠遠遙望家人的身影，一個人品嘗喜悅和悲傷的滋味。」她說完，顯得有些淒涼。春樹聽著她的故事，心裡有些同情這個女人，但是仔細一想又感到不甘心，因為這女人扒走了他的東西。他自認技巧無人能比，這令他覺得臉上無光。

「我很佩服妳的本事，不愧是人們口中的國際大盜，確實有兩把刷子。但我也不是省油的燈，雖然我沒有師父，沒有夥伴，從來任何人教過我——」

「你當然不是省油的燈，在我的圈子裡，誰沒聽過平松子爵少爺的名號呢？我不曉得你的技術到底怎麼樣，但我相信實力一定不錯。可是，畢竟沒有親眼見識過——」

「那我就讓妳見識一下。」

「呵呵呵，你太自負了，那樣會失手的。我不想讓你丟臉，今天就算了，你改日再表演給我看吧。」

「那可不行，我一定要讓妳見識一下。」

他抓住女人的手腕，站了起來。

現行犯

「妳在哪都行，離我近一點就好。」

春樹拉著有些心不甘情不願的女子，走向人群。

此時飯店門口正因為舞會來賓退場而擠得水洩不通。他一臉興奮地推開人潮，開始物色目標。

一名身著晚禮服的貴婦，正專心地踮起腳尖，用目光搜尋她的愛車。春樹見狀靠近她背後，突然撞了她一下，並以迅雷不及掩耳的速度拔下鑽石別針，緊緊握在手裡，放入了外套的口袋。同一時間，他的右手被人用力抓住。他驚慌地回頭，耳邊傳來一陣令人毛骨悚然的渾厚嗓音：

「為了你的名譽著想，我建議你別反抗——」

那人的語氣高高在上，令人生厭，定睛一瞧，聲音的主人不正是那名灰衣女子嗎？春樹感到萬分狼狽。

「給我老實一點！」

一股寒意從他的脊椎蔓延開來。女人狠狠瞪著他，無情地喊道：

「現行犯！」

「嗚！」

春樹覺得自己的頭彷彿哐地一聲被鐵鎚狠狠敲了一下，他搖搖晃晃地從正面凝視那女人的臉。

灰衣女子卸下了維妙維肖的易容。

「啊！惡鬼山梨！」

眼前女裝扮相的人，正是令扒手人人聞風喪膽的山梨刑警。

深夜的訪客

她對這張臉有印象，那是在沼津的松樹林中會車時，坐在司機旁的貴公子，而他極有可能也是從火車上跳下的其中一道人影。

聲音

女偵探櫻井洋子接到了一通來自富豪有松武雄的緊急來電，他正在沼津的別墅養病，說是有急事要委託，希望她儘快過去一趟。

有松是一位彬彬有禮的紳士，不僅處事圓滑，對女性更是殷勤體貼。然而洋子並不喜歡他，所以不太想赴約，但基於職業素養又不方便拒絕，便搭乘下午四點四十分出發的特快車，離開東京車站。

冬天的日照時間很短，當列車抵達小田原時，太陽已經完全下山了。

洋子剛解決一起案件，還來不及好好休息，便立刻跳上火車。因此當她一入座，疲倦立刻襲來，強烈的睏意令她昏昏欲睡。

忽然間，她聽到附近有人在說話。她迷迷糊糊地聽著，感覺聲音來自走道上。

「搞定了，過程有點驚險。總之——我們要嚇全車廂一跳——」

說話的人語氣有些粗魯，嗓音卻細而溫柔。沒有人答腔。

「不論派再多人來抓我——達成目的之前我絕不會束手就擒！」

過了一會兒，又有聲音響起：

「他如果敢囉哩囉唆——我就直接幹掉他！」講話的人聲如洪鐘。

後來就再也沒有談話聲了。

然而，當列車經過湯之原不久，她突然又聽見同樣的聲音喊「快走」，隨即警鈴大作，列車迅速煞車準備停下，洋子半夢半醒地睜開眼睛。就在此時，入口的門忽然打開，兩道身影一躍而下，一個是彪形大漢、頭戴鴨舌帽，另一位個頭較矮、身材纖瘦，長相白淨斯文。

最後，火車發出在軌道上拖行的沉重吱嘎聲，停了下來。乘客們全都起身，車內一片譁然。一張張好奇的臉貼在窗戶上，觀察烏漆墨黑的車外，試圖弄清楚發生了什麼事，但看起來一切如常，列車又緩緩繼續前進。

「怎麼了？出什麼事了？」

「是不是撞到人了？」

乘客們逮住經過的列車長，紛紛質問他。

「沒事沒事，只是有人惡作劇，故意按下警鈴，把大家都嚇壞了。」他苦笑道。

「豈有此理！是乘客搞的鬼嗎？」

「目前還在調查——但抓不到人，實在很傷腦筋。」

「難道是惡作劇完就溜走了？」

「不，那不可能，沒有任何乘客下車——我們詳細記錄了每站上下車的人數，有人下車的話立刻就會發現，但目前沒有任何人缺席——」

那麼洋子看到的那兩道身影又是什麼呢？倘若乘客人數沒有變化——那大概是她在作夢吧，但她實在很難相信那是一場夢。不過，既然沒出什麼事，她也不想驚動眾人、把事情鬧大，於是默不作聲。

一名與她背對而坐的年輕夫人，和像是官員的丈夫竊竊私語起來，傳到了洋子的耳中。

「這裡又不是停靠站，火車停在這裡怪可怕的。到底是誰按下了警鈴？」

「可能是誤觸吧。畢竟——大俠盜尾越千造逃獄的消息傳開後，人人都繃緊了神經。你看，連列車上都埋伏了很多刑警。」

「嗚，不要嚇我啦！——這表示列車上有可疑人物嗎？」

「當然囉——說不定正盯著我們。」

「好可怕……被你這樣一講，大家的臉看起來都很恐怖。」

「我沒騙妳。尾越是個俊秀的美男子，他不僅長得好看，還充滿俠義心腸，根本就不是壞人。每次有貧苦家庭上新聞，他就會現身救濟他們，因此大家都很袒護他，還刻意捏造他的長相，讓警方費盡周折仍然抓不到人。另外，尾越也不是一般的強盜，他挑上的對象一定都是作奸犯科、中飽私囊的富豪。」

「你怎麼對他這麼瞭若指掌？這些報紙上都沒有報導過啊。」

「我以前當過法官，經常進出法院，所以知道一些內幕。」

「難怪，我一直對尾越明明也是強盜，卻大受歡迎感到很疑惑，原來他那麼與眾不同。」

火車平安抵達了沼津。

洋子走下月台，卻沒看見有松的身影，令她有些意外——她原本以為有松行事一向周到，肯定會開車來迎接她的。

說不定他會在剪票口等她？洋子如此心想，但在那裡也不見他的蹤影。不僅如此，有松也沒有派任何人來接她，更遑論開車了，這不禁讓她有些失望。

洋子走到計程車旁，伸手拉開車門。

「請送我到有松府。」她吩咐道。

司機砰地一聲關上車門，開始轉動方向盤。

夜風寒冷，星星在空中閃爍。當車子靠近松樹林時，一輛福特汽車從對向飛速駛來，會車的瞬間，她瞥見一位頭戴鴨舌帽、體格健壯的男子手握方向盤，身旁坐著一名貴公子。她心生疑惑，想要再看清楚，但車子已經駛離了。她總覺得他們就是那兩道從火車上一躍而下的身影。

有松府靜悄悄的，不過大門倒是左右敞開，彷彿已經恭候客人多時。計程車噗噗噗地駛入門內，還是沒有任何人前來迎接。洋子按下玄關的門鈴，依然無人回應。

起居室明明有燈光，房子卻異常寂靜，彷彿根本沒人在家。側耳傾聽，遠方好像有腳步聲，可是等了兩、三分鐘，還是沒有人出現。

洋子開始有些焦慮，不斷按響門鈴。

蒼白的臉

門終於開了一道縫隙，一雙膽怯的眼睛出現從門縫後偷看。

「我來自東京，請代我向主人問好。」

洋子苦笑著掏出名片。

對方不發一語，伸出細白的手接過名片，接著迅速開門，迫不及待地邀洋子進門。她邊喘邊說：

「老師，請進，快請進！歡迎光臨！」對方完全變了一個人，熱切地迎接洋子。

洋子一眼就認出她來了，她是有松的養女美和子，知名的大美女，今年大約十七、八歲。她雖然花容月貌，臉色卻十分蒼白，像是生病了一樣。她的身體不停地顫抖，嘴唇也微微抽搐。洋子的直覺告訴她，恐怕出大事了。

「小姐，發生什麼事了嗎？」洋子柔聲問道。美和子似乎再也忍不住，突然放聲大哭起來。

「怎麼了？令尊病況惡化了嗎？」

「不，父親、父親他——」

「他怎麼了？」

「他——他已經去世了。」

「咦？什麼時候？」

四、五個小時前，她才從長途電話中聽見他的聲音。這突如其來的惡耗令洋子萬分錯愕。

「我也不知道，我——我還泡了茶端去書房，根本不知道父親已經——」美和子說道，身體因為恐懼而顫抖。

「當時父親已經趴在書桌上去世了，四周都是血——」

「他咳血了嗎？」

「不，有人拿匕首刺穿他的心臟，恐怕是強盜殺人——情急之下我拔出了匕首，結果血流如注，我的手、胳膊和袖子都沾滿了血——」

等不及美和子說完，洋子便請她帶路，趕往屋主的書房。

房間內一片混亂，文件四處散落，有松倒臥在血泊中。他的右手緊握著手槍，但似乎在扣扳機前，心臟就被刺穿了，而美和子拔出的匕首則扔在地板上。

「妳向警方報案了嗎？」

「還沒有，因為家裡只有我一個人在，沒有其他人——我不知道該怎麼辦，非常驚慌，忽然間鈴聲響起，我嚇了一跳，以為強盜又來了，怕得不得了，所以遲遲不敢去應門——幸虧是老師來了，我才得救。」

「女傭人呢？」

「她去鎮上採買，我想應該差不多要回來了——」

儘管美和子聲稱毫不知情，但匕首上附有她的指紋，好巧不巧女傭又出門買東西，家中只有美和子一個人在，這種情況下，除非凶手留下證據才離開，否則嫌疑一定會落在她身上。

洋子最擔心的就是這件事，但美和子似乎被父親遇害一事嚇壞了，根本無暇思考那麼多。洋子提議去報警時，美和子急忙攔住她。

「老師，妳不要走，陪在我身邊好嗎？求求妳——」她抓住洋子的手不放。

「不然我會留在這裡，請小姐快去報案。」

美和子大概是覺得留在家裡更可怕，旋即奪門而出。

驗屍結果出爐，謀殺案發生在晚間六點到七點之間，這段時間家中只有美和子一個人。

女傭人對調查員陳述了以下證詞：

「主人最近的脾氣非常差，成天暴躁如雷，晚上也睡不好。某天他聽完新聞，臉色突然變得很難看，立刻就叫木匠從東京趕來修理門鎖。家中只要有一點聲響，他就會疑神疑鬼，彷彿有人在追殺他。今天一早主人心情也很糟，不但把氣出在小姐身上，還對她惡言相向，就連性情溫婉的小姐都忍不住，與他大吵了一架。當時主人驚恐地說，美和子妳是不是想殺我？我是不是哪天就會死在妳手上？」

調查員的目光落在美和子身上，但她聲稱六點到七點之間，一直在二樓自己的房間裡寫信。

書桌上果真有一封未寫完的信，內容如下：

「我已經受不了寄人籬下的痛苦了。」

養父是父親生前最要好的朋友，他收留因父母忽然辭世而淪為孤兒的我，一路撫養我至今。他對我有養育之恩，照理說我不該違抗他，可是——他老是說我覬覦有松家的財產，這點傷透了我的心。我長得不像母親，而是愈來愈像父親，也叫養父生厭，他有時甚至會遮住眼睛不看我的臉，令我非常痛苦。他既然是父親最要好的朋友，為什麼會討厭我呢？可是仔細一想，那也是人之常情，畢竟父親殺害了母親，最後還在牢中發瘋自殺。我不太清楚父親是出於什麼動機殺害母親，只聽說他非常情緒化，容易動怒，也許只是一點單純的小事，就引發了滔天大罪。

父親太愛母親了，一心想霸占她，我記得母親只要跟其他男人說上幾句話，父親就會大發雷霆。不過他雖然易怒，情緒來得快、去得也快，這點跟我一模一樣。我生氣的時候也會失去理智，今天更是像發瘋一樣氣了半天，因為養父自己把領帶夾遺忘在架子上，卻懷疑是我偷的，為此痛罵了我一頓，質問我是否打算偷了逃走，最後還說什麼他都白養我了，罵我有其父必有其女。

我聽到這句話再也忍無可忍，一把將桌上的花瓶摔到地上，其實我巴不得朝養父扔過去——養父氣得瞪大眼睛，抓起被我扔下的花瓶狠狠揍了我，將我打得渾身瘀青。

我決定今天就要離家出走，以打字工作維生。我再也不想如坐針氈了，我要自立自強、披荊斬棘，走出自己的路。養父總是說我父親是個瘋子，我現在的確也像是個瘋子，不曉得會做出什麼事情來。或許養父的恐慌症會在我離開後好轉，我猜養父內心其實很懼怕我，而我也很怕他——」

調查員扣押了此信當作物證，而美和子也被當場帶走了。

俠盜來訪

有松會不會是知道自己大限將至，又或者是察覺自己身受某種威脅，才打電話給洋子求救呢？洋子感到非常遺憾，如果她能早點坐到上一班火車，有松或許就能逃過死劫了。

搭上末班車的洋子疲憊不堪，奇怪的是眼皮一點也不沉重，甚至沒有一絲睏意。

回到家後，客人正在接待室等洋子。洋子與客人談完要事，將對方送到門口，此時已經將近凌晨一點了。

她吩咐前來打掃的女傭早點休息，自己留在接待室裡。她想要一個人安靜地思考，不被任何人打擾。

美和子的命運太悲慘了，令她萬分心疼——生父殺了生母，在獄中死去，如今連養父都不得善終。這位容貌絕美的孤女，生長背景簡直是由血淚鋪就而成。

夜漸漸深了。

洋子一動也不動地陷入沉思，瓦斯暖爐綻放著藍色的幽光。

深夜的訪客

突然間，她聽到有人在院子裡悄悄走動的聲音，如此深夜，會是誰呢！她打開窗戶朝外望去，但找不到任何人影，草叢黑漆漆的，一片寂靜。

她關上窗戶，把椅子移到暖爐旁，又聽到了窸窸窣窣聲，接著傳來一陣令人毛骨悚然的聲響。

她轉身一看，大驚失色，窗戶上映著一個人影，一名蒙面男子將玻璃割了開來，伸手推開窗鎖，輕巧地躍入屋內。

洋子起身正要搖鈴，男子立刻抓住她的手。

「不要叫人，不要驚慌——我不是來偷東西，而是特地來見老師的——」

「那你為什麼不從正門拜訪？」

「因為——我不能走正門——」

他的嗓音溫柔而動聽，一點也不像是會破窗而入的惡賊。洋子總覺得他的聲音很耳熟。

男子將匕首放在桌上，洋子用餘光瞥了一眼。他掏了掏口袋，將鑽戒和兩、三根釘子同樣擺到桌上，接著默默拍了拍口袋，似乎是想證明自己已經身無寸鐵。

此人既然在深夜冒險闖入，肯定是有非比尋常的事要商量，於是洋子指了一把椅子，說道：

「請坐。」接著又開口：

「你到底是誰？」洋子質問道。

男子解開面罩，令她大吃一驚。她對這張臉有印象，那是在沼津的松樹林中會車時，坐在司機旁的貴公子，而他極有可能也是從火車上跳下的其中一道人影。難怪洋子會覺得他的聲音很耳熟，畢竟她聽過他在走道上談話。

望著她驚訝的神情，他平靜地說道：

「我是越獄犯尾越千造。」聽他自報名號，洋子又吃了一驚。

「嚇到妳了嗎？」

洋子一時說不出話來。

脫下面罩的男子擁有一張蒼白俊美的臉龐，如果他是以一名訪客的身分從正門造訪，即使自稱俠盜尾越千造，洋子恐怕也不會相信。他的態度和容貌沒有一絲壞人的樣子，反倒像是一位和善的貴公子。

「老師，可以請妳撥冗聽聽我的請求嗎？」他說道。

洋子根本無法拒絕他的請求。即使他看起來溫和有禮，可是一旦遭到拒絕，難保不會惱羞成怒。

「好，不過夜已經深了——麻煩你儘快說明吧。」

尾越聞言，高興地微微鞠躬。

「我就知道老師會這麼說，我果然沒有看走眼！」他說完，沉默了一會兒。

「我這次之所以逃獄，並非是為了自己，而是為了幫助他……不，是為了完成某個男人的心願。老師，我會當著妳的面將真相一五一十說出來，希望妳能聽完，並且幫幫忙，拜託妳了。」

妒意

尾越千造正襟危坐，開始娓娓道來。

「迄今為止，我想做的事情從來就沒有失敗過。這次是我第二次越獄，而且兩次都成功了。第一次是為了殺掉一個賣國賊，而這次是為了實現一位無辜囚犯死前的心願。我並非忍者，但很擅長轉移他人注意力再動手腳，所以逃獄對我來說並不困難。然而即便成功越獄，此事僅憑我一人之力是辦不到的，還得找一位願意傾聽囚犯心願的人，這點實在是太困難了。所以，儘管會給老師添麻煩，老師就當作是上天選中了妳，大發慈悲幫幫忙吧。」

「倘若真如你所說，我能幫得上忙的話，我一定盡我所能。」洋子二話不說便答應了。

「我從一名死刑犯那裡，得知了一則聞者傷心、聽者落淚的故事。這名死刑犯原本關在單人牢房裡，既然如此，為什麼同樣是囚犯的我能得知他的故事呢？

這就說來話長了。不過只要我能讓老師聽完他的故事——我的義務就算完成了，其他細節就先跳過吧。」

「好，那你就言簡意賅地告訴我吧。」

「那名死刑犯在很久以前就發瘋自殺了。」尾越說完，閉上眼睛一會兒，接著繼續講述：

「姑且就稱他為讓治吧——讓治出生於美國，父母早逝，沒有兄弟姐妹，從小孤苦伶仃，一位富有同情心的傳教士收養了他，對他疼愛有加，後來兩人一起來到東京。讓治上了學，可惜語言不通，加上從小接觸西方習俗，沒有人願意和他當朋友，他總是一個人孤伶伶地縮在學校的角落。也許是覺得他很可憐，一位高年級學長對他伸出援手，非常照顧他。很快地，兩人就變成兄弟一般的好朋友。」尾越說著划了火柴，點燃菸斗。

「讓治頭一次交到朋友，他非常高興，與好朋友無所不談。幾年後，傳教士去世了，讓治則根據遺囑，繼承了龐大的遺產。」

「這對西方人來說好像很普遍。」

「傳教士去世後，讓治覺得一個人住在偌大的房子裡很孤單，好朋友就介紹他認識的寡婦家給他，寡婦說他會待讓治如家人，讓治便搬進去一起住，並從那裡上學，好朋友也經常來探望他、照顧他。寡婦有個很漂亮的女兒，名叫冬子，讓治深深地愛上了她。好朋友得知此事後很不高興，不僅多次勸告他放棄，還不斷輕蔑她，說她品行不良，又是窮人家的女兒，根本不配成為讓治將來的妻子。然而，讓治實在無法死心，便不顧好朋友的勸阻，向冬子求婚了。寡婦非常高興，但當事人並未給出明確的答覆，不過最終兩人還是結婚了。冬子姑且不論，至少讓治過得很幸福，第二年他們還生了一個可愛的女兒，好朋友也如同家中的一員，經常出入屋裡，但冬子似乎不太喜歡這名好朋友，這令讓治有些懊惱，因為他認為既然是丈夫的好朋友，妻子也理應善待他才對。」

「他是個純真的男人。」

「時光飛逝，七、八年過去了。冬子有一個堂哥叫做阿仙，他是一名年輕船員，每次航海回來都會帶著禮物來訪。冬子與阿仙小時候住在一起，像親兄妹一樣要好。既然是表親，讓治也樂見兩人感情融洽，好朋友卻懷疑兩人之間不單純，經常警告讓治。儘管讓治從未懷疑過妻子的心，但好朋友總是講得繪聲繪影，令讓治逐漸動搖……」

「至交所言，就更加可信了。」

「或許吧。從那時起，讓治便很難像從前一樣平靜地看待他們，不過他還是半信半疑，好朋友等得不耐煩了，便說：『既然你不相信我說的，我就給你看證據。』『好，給我看吧。』他拜託好朋友。『給你看是可以，但我怕你太激動，對身體不好。』好朋友怪裡怪氣地笑了一下。讓治憤怒地說：『如果你騙我，我絕對不會饒了你。』他說完，好朋友又笑了。」尾越講到這裡的時候，接待室突然響起了兩點的鐘聲。尾越回頭看了一眼座鐘，繼續說下去：

「某個同學會的晚上，好朋友急急忙忙趕來接出席的讓治，帶他返回家裡。

一回家，果然聽到某個房間傳出嬉鬧聲，原來是堂哥阿仙來了。好朋友提議躲在隔壁房的壁櫥裡觀察情況。」

「當時女兒在哪裡？」

「她坐在阿仙的腿上吃巧克力。阿仙說他想聽三味線，冬子便從壁櫥拿出三味線來調音，問他今天想聽什麼曲目，阿仙熱切地說他想聽袈裟御前[1]被斬首的那段，冬子開心地笑了，說那是《鳥羽戀塚》。冬子從小學習長歌，對歌喉頗有自信，但讓治喜歡風琴，不喜歡三味線，因此禁止她彈三味線，並買了一架漂亮的平台鋼琴給她當作補償。」

「感覺讓治也沒那麼愛冬子，他太不為冬子著想了，女人才不會愛上這種霸道的男人呢。」洋子微微歪頭，尾越微笑，表示同意。

「總之，聽到冬子彈奏他禁止的三味線，令他怒火中燒。不久後，冬子便以清澈動聽的嗓音吟唱起來：

『武士遠藤，其名盛遠，思君甚切，夜不能眠。初春三月，繁花如霞，遙望君容，穿透青枝。此情纏綿，猶似川水，彼意繾綣，恍若夢幻——』

就在這時，阿仙忽然感傷地說：『我明天又要出航了。冬子，我帶了一張唱片來，想請妳幫我錄製《鳥羽戀塚》，當我想聽妳的聲音，我就會播放這張唱片。』冬子低聲不知說了些什麼，讓治聽不清楚，但他覺得自己快要窒息了，冷汗也流個不停，幸虧好朋友牢牢按住了他，他才沒從壁櫥裡衝出去。透過縫隙偷窺其實看不清楚，但他總覺得阿仙和冬子的手時不時碰在一起，令他忍無可忍。」尾越說著，彷彿他就是當事人，深深地嘆了口氣。

「一會兒後，隔壁房已經備妥錄音器材，女兒跑了過去。讓治見到冬子彈奏三味線的半個身影，但沒看到阿仙。好朋友不斷戳讓治的身體，悄聲問他：『喂，看到什麼了嗎？』讓治什麼也沒看見，但好朋友彷彿比他還著急。」尾越

譯註1　《源平盛衰記》所記載的故事。平家武士遠藤盛遠愛上美女袈裟御前，欲殺其夫橫刀奪愛，袈裟不從，代替丈夫死於盛遠刀下。袈裟的墳墓立於京都的鳥羽，人稱戀塚。

停頓了一下，輕聲咳嗽，繼續說道：

「就在讓治察覺阿仙應該也起身時，赫然驚見他的手搭在妻子的肩膀上。讓治感到頭暈眼花，一股熱血湧入腦中，令他完全失去理智。他掙脫了好朋友的制止，搖搖晃晃地走出壁櫥。突然現身的讓治令冬子十分錯愕，「哇啊！」一聲跌入阿仙懷中。一切都完了，讓治不顧一切地撲了上去，就在此時，突然燈光熄滅，屋內變得一片漆黑，他覺得好像有人拿了一把刀給他——又或者是他撿起了剛好放在這裡的刀子——總之，他一握住刀子，理智就斷線了。」尾越說著說著，眼神也流露出殺氣。

「讓治揮舞著匕首，像個瘋子一樣，但並沒有砍到人。當時他已經失去理智，不是撞柱子就捅破拉門。突然間，妻子發出尖叫，令讓治更加瘋狂。「啊，老公，救我——」冬子的叫聲與驚恐的咒罵聲混在一起，隨後傳來沉重的倒地聲。讓治氣瘋了，失去理智的他只顧著揮舞匕首，連妻子聲嘶力竭的求救聲「救我——老公，快制止阿武！」都充耳不聞，最後他筋疲力竭地倒在地上。不知是誰報了警，警方大陣仗地趕到現場，一舉逮捕了讓治，而阿仙和冬子當時已經氣絕身亡了。」

「女兒逃過一劫了嗎？」

「女兒死命地抱著那張唱片，逃到更裡面的房間躲起來了。」

唱片

「讓治逐漸恢復冷靜後，對於自己犯下的可怕罪行感到後悔莫及。他瞬間奪走了兩條人命，其中之一還是摯愛的妻子。好朋友似乎在場面爆發前溜走了，警察抵達時他已不見蹤影，剩下讓治獨自愣在血海中，手中握著匕首。」

「匕首是好朋友塞給他的吧？」

「或許吧？他不是沒這麼想過，但那把匕首確實是他的東西，而且他也沒有證據，因而無從反駁。好朋友在那之後傾力相助，不僅找律師為他辯護、減刑，還答應收養女兒，將她培育成知書達禮的千金小姐，恐怕就連親兄弟都不會幫他到這個地步。讓治流著淚感謝他，後悔曾經一度懷疑他，並將所有財產的監管權，以及女兒的未來都託付給他。」

「他真善良。」

「可是，隨著日子一天天過去，愈來愈多疑問在他腦海中湧現。他的確有亂揮匕首，卻對刺入人體毫無印象，但冬子是從背後被刺穿肺部，阿仙則是被捅破心臟，這令他百思不得其解。隨著記憶逐漸釐清，妻子臨終時所說的那句「老公，快制止阿武！」也令他覺得很蹊蹺，如果是丈夫持刀，她又怎麼會向丈夫求救呢？他懷疑是否有人趁暗對他們下手，但此人到底是誰？在場的其他人只剩好朋友，但他沒有留下任何證據，而且在警方趕到時，已經不在現場了——」

「那是誰去報警的？」

「有人透過公共電話報警，但是身分不明。讓治也一度懷疑是好朋友所為，但是就算真的是他殺的，想到他後來義無反顧地幫他，他也恨不了他。於是他決定不論真相為何，罪責都由他一人承擔。可是冷靜一想，這實在是太荒謬了，他根本不曾做過那些事，卻得為此受盡折磨。他回想起岳母曾經告訴他，在讓治認識冬子以前，好朋友曾向冬子求婚，還對阿仙抱有很深的敵意，而妻子也很排斥他，避免與他相處。一切都串起來之後，他猶如五雷轟頂，緊咬著嘴唇不放。」

「讓治這時候才發現，自己被好朋友的奸計所害嗎？」

「是啊，深愛的妻子遇害，自己明明無罪卻被判處死刑，還把繼承自恩人的財產全都交給了陷害他的男人，這令他悲憤至極，不久就發瘋自殺了。」

「好朋友後來怎麼樣了？」

「他用讓治的錢投資，如今已成了大富翁。」

「那女兒呢？」

「我正要提起她。女兒成年以後，肯定會恨讓治入骨，這也沒辦法，可是一想到她會遭受到多少異樣的眼光，我就無法袖手旁觀。因此我希望揪出真正的凶手，為女兒證明父親的清白，達成讓治可憐的心願，這就是我此行拜託老師的目的。」洋子聽完，感到有些為難。

「可是，沒有任何證據啊？」

「唱片裡有證據。」

「但是那張唱片——早就不見了吧？」

「巧的是，我正好有那張唱片。我想是時候履行對他的承諾，便逃獄了。那張唱片是我的夥伴闖入某座豪宅時，從偶然偷來的和服中發現的，他帶回去播放以後，發現內容非常駭人，要毀掉它又有點毛毛的，便將它藏在寺院的地板下。」

「強盜闖入的是誰的豪宅？」

「有松武雄位於沼津的府邸。」

「也就是說——」尾越露出了微笑。

「是我殺了有松。其實我上次逃獄後就拜訪過他，跟他談過讓治的事。有松承認是他殺了那兩人，我建議他敢作敢當、快去自首，他也發誓一定會自首，但直到今天他都沒有這麼做。大概是因為我沒過多久又鋃鐺入獄，他得知消息後就放心了吧。我猜這次逃獄的新聞一傳出，他一定覺得自己深受威脅，便與老師通了長途電話，想委託妳將我緝捕歸案吧。」

「那兩個從火車上跳下來的身影是？」

「一個是我，另一個是我的夥伴，也就是那個偷走唱片的男人。」

「為什麼你們要在走道上那樣說話？被人聽到不是很危險嗎？」

「我們只打算讓老師聽到。警鈴大作必定人心惶惶，如果老師又說曾聽見可疑對話，騷動一定會鬧得更大，對吧？」

「可是為什麼要這樣做？」

「我想延長列車到站的時間，因為我不希望工作時遇到老師來訪。其實，我從未想過殺害有松，但他突然拿槍指著我，我只能自保——」

「那這次得換你自首了，否則嫌疑就會落在可憐的美和子小姐身上——」

「我當然會自首，只要妳願意接下這樁委託，我的事情就辦完了，我會立刻投案，絕不拖拖拉拉。」

尾越從懷中掏出唱片放在桌子上，洋子開始播放唱片，兩人都很緊張。

「盈盈露水，濡濕庭院，盛遠踏草，悄然而至。月色皎潔，銀輝滿天，愛戀陰影，黑暗無邊，呀——哇啊，老公救命！阿武他把阿仙——老公！老公你快來制止阿武——嗚，你這個混蛋，你一定不得好死！你這個瘋子，我和你無冤無仇，為何要殺我！哇、老公！殺、殺人了！呀啊，老公救我——」

人聲摻和著劇烈的雜音，像說故事一樣還原了當時的場景。尖叫聲就此中斷，之後是令人不安的沉默，彷彿一切皆沒入了黑暗中，指針刮動唱片的聲音孤伶伶地響著。

洋子大吃一驚。

「居然有這麼確鑿的證據——」她振奮地說道。

「老師，那就萬事拜託了。今天我終於達成了死刑犯的委託，感到如釋重負——逃獄雖然令我罪加一等，但我的心情卻輕鬆不少，美和子的將來就拜託老師了。」

「我明白了。」

踏著黎明時分的白霜，深夜訪客逐漸消失了蹤影。

美女馴鷹師

從那一天起，美女馴鷹師刺眼的身影每天都會出現在空地上。鷹獵的生意非常興隆，傍晚收攤時麻雀和鴿子總會賣光，鳥籠變得空空如也。

九年前的往事

小夜子送丈夫松波博士去上班後，回到茶室，收到了一封信，信封背面寫著牛込區富久町。由於職業的緣故，收到類似的來信並不稀奇，但這封信字跡優雅，而且沒有署名，勾了她的好奇心。儘管這是一封註明丈夫親閱的信，她還是拆了開來。

「老爺！」開頭的文字就令她皺起眉頭，她緊張地讀了起來。

「突然接獲這封信，可能會令老爺十分錯愕，但信中所寫絕無虛言，希望您能將故事讀到最後，回應我的心願。

距今九年前，老爺曾有過一位婢女，名叫花兒，相信老爺心裡一定還記得這個女孩。花兒深得老爺寵愛，卻不見容於夫人，最後被趕了出去。

半年後，家中的夫人順利生下了玉樹臨風的小少爺，就在同一天，花兒也產下了一名男孩。兩人明明是同父手足，命運卻迥然不同，達也少爺是年輕有為律師松波男爵的嫡子，將來必定會繼承顯赫的家業，身價非凡。令一位卻只是貧苦的私生子，一出生就前途坎坷、命運多舛。

花兒想讓孩子從父親那裡也繼承些什麼，便從老爺的姓氏中取出一字，將孩子取名為松吉。花兒曾多次懇求老爺，希望至少能見上一面，但老爺總是一口回絕，還冷酷地說不認識花兒，就連看一眼可愛的松吉都不肯，甚至說這是在脅迫老爺，請警察逮捕了花兒的父親。

花兒對老爺的冷漠懷恨在心，於是咬緊牙關、絞盡腦汁，想出了一個復仇計畫。花兒將計畫告訴善良的父親，父親聽了很驚恐，遲遲不肯答應這個驚天大計，但老爺確實太過無情，因此父親最終下定決心，同意了花兒的提議。

接著，花兒與父親便展開計劃，過程是這樣子的。

一個傍晚，父親帶著花兒偷偷潛入松波府，觀察府上的情況。那天小少爺剛好滿月，要去神社祈福，府邸裡擠滿了前來恭賀的客人，客廳不斷傳來歡笑聲。不久後，客人們前往飯廳用餐，乳母便抱著達也少爺來到一處安靜的房間歇息。

又過了一會兒，乳母大概是想如廁，便讓達也少爺躺在小床上，自己離開房間到走廊上。

花兒立刻逮住這個機會，將懷裡的松吉和達也少爺調換過來。造化弄人，兩個孩子當時簡直長得一模一樣。

乳母回來後見狀，嚇得不敢動彈，愣在原地。父親突然掏出匕首，威脅她說：『妳要是敢出聲，就沒命了！』乳母出乎意料地冷靜，事已至此，大哭大鬧也沒用，小少爺已經不見了，只剩下尚在被巾中安睡、裹著一身骯髒襁褓的松吉，而達也少爺則不哭不鬧地任花兒緊緊抱在懷裡，被帶離松波府了——

要麼出聲命喪黃泉，要麼被老爺怪罪，橫豎都得死。於是，乳母默默地將松吉的衣裳脫下來交給父親，從衣櫃拿出一套全新的白絹襁褓幫松吉穿上，松吉頓時便頂替了達也少爺。

從那一天開始，幸福的松吉就成了男爵家的小少爺，被捧在手掌心上長大。達也少爺則與松吉對調身分，在長屋的一隅長大（接下來會稱小少爺為松吉）。人們勸花兒結婚，花兒都置若罔聞，花兒只想父親兩人一起工作，專心撫育松吉長大。然而去年冬天，松吉卻因為一場突發的感冒，罹患了肺炎。

松吉雖然不是花兒的親生子，但花兒早已將他視如己出，無論如何都想讓他康復。可是，花兒的身分太卑賤了，請大夫來看診、購買昂貴的藥材給孩子吃，對窮苦的花兒而言無非是痴人說夢。

有了錢，松吉才能保住一命——想到這裡花兒再也按捺不住，明知不對，還是去偷了別人的東西，豈料一下子就東窗事發，花兒也遭到逮捕，被送進了牢房。令人悲傷的是，花兒不在的時候，可愛的松吉便病逝了。花兒不惜觸法也要拯救的性命，就這麼被病魔奪走了。

啊，花兒光想就快瘋了，花兒好想死！想追隨孩子而去！沒有親身經歷過的人，根本無法體會失去愛子有多麼地痛！

此時，花兒腦海中突然浮現出達也少爺。死去的並不是花兒的孩子，花兒真正的孩子還活著，他還活在這個世界上，而且正以男爵少爺的身分在上學呢！想到這裡，花兒一刻也等不及，便在府邸附近徘徊起來。過了幾天，花兒終於見到了小少爺，他揹著書包放學的可愛身影，令花子好想撲上去擁抱他。花兒努力克制內心的衝動，凝視著小少爺的臉龐，內心充滿了失而復得的喜悅。可是，光是遠遠遙望自己的孩子，已經無法滿足花兒了，花兒再也無法將自己的孩子視為他人的公子。小少爺，不，達也是花兒的孩子，是花兒親生的，花兒渴望緊緊擁抱自己的孩子，緊緊抱住他，再也不放開，再也不交給任何人。

老爺，求求您，求求您把花兒的孩子還來吧，若您以為我在扯謊，我可以證明所言絕無虛假。

達也少爺的腋下應該有個像是用小指頭戳出來的紅斑，下唇也和花兒一樣有顆黑痣。不過這些都是顯而易見的特徵，您可能會以為我在穿鑿附會，但體質遺傳就不容爭辯了。無論是老爺還是夫人，身體都很健康，皮膚也不算白皙，但達也少爺卻因為腺病質[1]而體弱多病、皮膚蒼白光滑，這便是另一個鐵證。花兒曾經下定決心永遠埋藏這個祕密，但事到如今，只能將一切坦白告訴老爺了。

可憐之人究竟能有多麼可憐呢？一想到花兒身上流著不健康的血，花兒就不勝惶恐。花兒的外婆在發病時被逐出家門流浪，從此杳無音訊。母親也在花兒三歲時，將花兒交給父親後避不見面，至今生死未卜，當時她已身染結核病——

老爺既然得知達也少爺擁有不健康的血脈，想必不會將高貴又顯赫的家業傳承給他，既然如此，還望您別拒絕將孩子還給花兒。

花兒一手帶大的松吉則恰恰相反，不僅皮膚黝黑也體格強健。然而，儘管花兒身體孱弱、基因不良，仍然渴望擁有自己的孩子。達也少爺當年的乳母隨時都能作證，求求老爺將孩子還給花兒吧——」

譯註1 因分泌紊亂而引起的體質虛弱，易患結核、淋巴結腫大、濕疹等症。

小夜子已經沒有勇氣繼續讀下去了，這封突如其來的信令她心中一片黑暗。

她記得這名叫做花兒的婢女，當年她是個像桃花一樣甜美的少女。只要她待在廚房，來送貨的年輕人總會窩在廚房門口不肯離開，惹來其他其貌不揚的女傭頻頻抱怨。以十七歲的少女而言，花兒有些世故，但是她聰明伶俐，因此不僅小夜子喜歡她，老爺也對她疼愛有加。小夜子害喜後身體一直不好，便暫居在箱根的別墅靜養，花兒則在這段期間告假還鄉。小夜子對她返鄉的原因一概不知，也沒有進一步追究，因此並不曉得花兒的遭遇。

小夜子作夢也想不到，處事向來穩重的丈夫，竟然有如此醜陋的一面。這封信來自監獄，肯定是囚犯所寫，但也有可能是某個對丈夫辯護心懷不滿的女人所捏造的，她就像一條企圖復仇的毒蛇，打算破壞家中的和平，萬一著了對方的道，豈不是會淪為笑柄？因此她在心中默默否定一切，可是——疑惑卻再度襲上心頭。

小夜子雖然半信半疑，卻又覺得並非空穴來風，這令她的心陷入了愁雲慘霧之中。達也確實因為腺病質而體弱多病，夫妻倆明明都很健康啊——對此她一直感到很困惑，就連主治醫師也百思不得其解。這麼說來，達也果然——懸念從心中湧現，但她並不打算給丈夫看這封信，也不打算質問他。

松波博士和夫人向來恩愛，於是小夜子決定瞞著丈夫，自己想辦法悄悄解決這個問題。尤其現在，丈夫正在受理一樁大案子，每天忙得沒日沒夜，她才不要讓這種狗屁倒灶、真假難辨的事情徒增丈夫困擾。即便那是事實，丈夫肯定也是一時糊塗，才拒絕照顧花兒母子。身為深愛丈夫的妻子，不正應該笑著原諒丈夫的一時糊塗嗎？

「人無完人，都是會犯錯的——」小夜子說服了自己，將信件收進櫃子裡，牢牢上鎖。

斗笠女

一週後，小夜子收到了同樣的信，但這次並非來自監獄。信中語帶威脅，說是再無答覆就要綁架小少爺，將松波男爵家的醜聞全數抖露出去。

小夜子想直接和花兒見面談談，但遍尋不著她的下落。丈夫在世人眼中是一個品格高尚的人，萬萬不能讓人得知他曾害一名婢女生下孩子。家醜若是外揚，不僅損害丈夫的名譽，也會讓妻子顏面掃地——

小夜子每天鬱鬱寡歡。

她實在想不出辦法，就去拜訪了在芝開業從醫的表妹，問了一些有關體質遺傳的問題，結果反倒令她更加憂鬱。

不知情的表妹望著小夜子凝重的表情，疑惑地說：

「妳怎麼突然在意起這件事，是不是又神經衰弱了？還是妳已經在幫達也物色媳婦了？呵呵呵，妳也未免太心急了，他才九歲耶？」小夜子勉強笑了笑，接著正色問道：「遺傳從外表是看得出來的嗎？」

「有些看得出來，有些看不出來。不過，既然是松波家的繼承人要訂婚，還是將對方的血統調查清楚才好——以免後患無窮。」

就在此時，病患家的車來迎接表妹前去看診。

「小夜子姊，我去去就回來——」

她站起身。

「妳等我的時候可以先請藥局開一些安眠藥給妳，我想妳應該是神經太疲勞了，不妨吃一點——」

送表妹出門後，小夜子轉進藥局，但藥劑師恰好不在，她便請藥局將藥寄到她家中，隨後離開了表妹家。

小夜子循著九年前的記憶，找來當時和花兒一起工作的婢女阿清，詢問當時的情況，但阿清也沒有花兒後來的消息。

倘若真如信中所言，達也並非小夜子所親生——那麼當然不能讓他當繼承人，而必須從親戚中另擇一人，可是要在宗族會議上提出此事實在太困難了，畢竟還得說明原因——

這個問題在她腦海中縈繞不去，無時無刻不困擾著她。

從那天起，小夜子就格外注意達也。達也氣質優雅、容貌清俊，從任何角度來看都是貴族家的小少爺，絕對不可能是婢女的孩子，大家也都說他長得像母親，因此不論別人如何說三道四，她都相信達也是自己的小孩。更何況達也體弱多病，如果她不是親生母親，又如何能將他拉拔長大？小夜子的腦海中浮現出達也從小不斷生病的回憶，好幾個晚上她都不眠不休地照顧他，連護士都不如她細心，若非血濃於水的生母，又怎能為孩子犧牲到如此程度呢？

「媽媽——我回來了。」

達也咚咚咚地跑進茶室。他揹著書包撲到母親膝上，蹭著母親的臉撒嬌地說：

「媽媽，我可以去看鷹獵嗎？」

「去哪裡看？」

「在横町的空地——媽媽也跟我一起去嘛，我想試試看鷹獵。」

母親從達也的肩頭取下書包。

「什麼是鷹獵？很危險嗎？」她問道。

「不會危險——很好玩。」

「是嗎？那帶媽媽一起去看看吧。」

「媽媽，大家都在玩哦，就是放老鷹讓牠抓麻雀或鴿子。武田還說，感覺就像變成了以前的武士一樣，真的很有趣哦。」

小夜子在達也的催促下一起出門，空地中間果真擠滿了人潮。從人牆中望去，有一對賣藝的男女正在模仿最近興起的鷹獵，向孩子們叫賣。

這塊空地原本有一幢偌大的宅院，院落中的樹保留了下來。一名頭戴斗笠、衣著俐落的年輕女子站在松樹下，她似乎故意扮成了古人，不僅穿著紫被布，還將裙襬折短、露出淺黃色的足袋，身形簡練而優雅，斗笠的紅色帽繩繫在她白皙的下顎，令她顯得格外俏麗。這難得一見的美女馴鷹師，深深吸引了觀眾的目光。

人潮聚集起來後，她讓停在棲木上的蒼鷹跳到自己手上，高聲喊道：

「看過老鷹飛上飛下嗎？我先示範一次。」

她放開老鷹，讓老鷹飛到松樹上，接著喀啦喀啦地搖響餌盒，呼喚老鷹飛回自己的手臂，再次命令老鷹飛到松樹上，動作一氣呵成。

「接下來要轉移陣地了──來，有誰的肩膀可以借我一下，老鷹要飛過去囉──」

人群中跳出一個披著和服外套的男子，老鷹忽然發出厚重的振翅聲，飛到那名男子的肩膀上，觀眾們都看得嘖嘖稱奇。

訓練結束，接著就是重頭戲鷹獵了。一位蹲在後方、年約五十多歲的男人突然站了起來。

「來來來，要捉麻雀嗎？還是要挑戰捉鴿子呢？麻雀十錢——鴿子三十錢——各位小朋友，來來來，抓隻活的帶回家當紀念！」

男人扯著嗓子大喊，他的腳邊有一個蓋著布的鳥籠，裡面關滿了鴿子和麻雀。

觀眾中有人喊道：

「麻雀！來，十錢——」

噹啷！一枚白銅硬幣落在碎石上。男人迅速掀開布的一角，抓出一隻麻雀。

美女馴鷹師走向那名投了十錢的孩子，為他的小手戴上皮手套，將停在自己左手上的蒼鷹交給孩子。

「小朋友，當那位伯伯放走麻雀時，你就把自己當作是鷹獵的武士，帥氣地將老鷹放出去——好嗎？」

孩子看來很害羞，一張小臉漲得通紅，觀眾們都流露出羨慕的眼光。

男人一邊喊口號，一邊把麻雀朝著萬里無雲的晴空放出去，同一時間，老鷹也飛離了孩子的手。

就在觀眾驚呼的剎那，聰明的老鷹已經從容不迫地追上麻雀，降落到地面上了。由於訓練有素，牠爪子裡的麻雀完全沒有受傷。

美女馴鷹師跑過去，將麻雀從老鷹爪中取出，交到孩子的手中。

「來，這是小朋友抓到的麻雀，是鷹獵的戰利品，帶回家當紀念吧。」

孩子帶著麻雀得意揚揚地回去了。達也興奮地握著母親的手，雙腳蹬個不停。這時，小夜子忽然認出了花兒，她的心猛然一跳，不自覺地鬆開了握著達也的手。不只臉蛋，美女馴鷹師蹦蹦跳跳的模樣，都和花兒如出一轍，全身上下皆透著花兒的影子。

小夜子感到一陣輕微的暈眩。丈夫是否曾偷偷思念她的倩影呢——想到這裡，她感到無比難堪。

觀眾們都看得興致勃勃、津津有味，只有小夜子一人陷入了深深的沉思。

「小達，我們回家吧。」

「媽媽，可是我還不想回去。」

達也覺得很依依不捨，一直不想離開空地。

鷹爪

從那一天起，美女馴鷹師刺眼的身影每天都會出現在空地上。鷹獵的生意非常興隆，傍晚收攤時麻雀和鴿子總會賣光，鳥籠變得空空如也。

達也對於鷹獵的熱情不曾消退，每天都會捉一、兩隻麻雀帶回家，將牠們放進新買的大鳥籠中飼養，可是不知道為什麼，麻雀都接二連三死掉了。

到了馴鷹師現身的第七天。

那天小夜子剛回到家，正打算踏進內廳時，門口突然一陣騷動，響起眾人在碎石地上飛奔的腳步聲，好像是出了什麼大事。「怎麼了？」她將脫下的草鞋再度穿上，正要跨出內廳時，一名男子帶著一群孩子跑了進來，他吃力地抱著一個男孩，男孩正是達也。達也的臉龐和頸部流滿了血，無力地倒在男人的懷裡，跟在後面的孩子們眼神充滿不安，彼此交頭接耳。

「小達，小達！」

小夜子急忙跑過去，從男人手中抱過達也，一面呼喊他的名字。達也微微睜開眼睛，抬頭看了看母親的臉，嘴角浮現一絲笑容，但隨即又閉上雙眼。

她掏出手帕，按住汩汩直流的鮮血。

「快、快叫醫生——到底發生了什麼事？」

孩子們分辨不出她在問誰，於是異口同聲地回答：

「伯母，他被鷹爪勾到了。」

「老鷹今天心情不好。」

「伯母妳聽我說，不是老鷹的錯，是麻雀的錯。麻雀被逼急了，飛到達也的肩膀上，結果老鷹就衝下來了——如果達也沒亂動的話應該沒事，可是達也嚇得大叫，老鷹也被嚇到了，就在捉麻雀的時候不小心抓傷了達也的喉嚨。」一名小女孩說明了事件的經過。

松波博士接獲急報嚇了一跳，趕緊回家。當醫生趕到時，達也的狀況已經稍微好轉了。

小夜子臉色蒼白地陪在達也床邊。

「小達，加油哦，這只是小傷，沒什麼大不了的。」她鼓勵達也。

「是啊，達也是男孩子，不能輸給這點小傷。」

父親嘴巴雖然這麼說，臉上卻寫滿了憂慮。夫妻倆一直在觀察醫生的表情，醫生動一下眉毛，兩人的心便砰砰作響。

醫生處理完傷口後，緩緩說道：

「只要沒有發燒，就不必擔心了。」隨後便告辭了。

小夜子撥了電話給信賴的護士協會，但熟識的護士恰好不在，會長說如果等到明天早上，他們會盡量安排。達也敏感又怕生，一定不肯讓不認識的護士照顧，小夜子只好等到明天早上，今晚就由自己熬夜照顧達也。

「夫人，美女馴鷹師跑來道歉，我就把小少爺的病情都跟她說了，她一直哭著說對不起，說想親自向夫人賠罪，請我務必轉達給夫人。她正在廚房裡，您要見她一面嗎？」女傭問道。

小夜子不耐煩地回答：

「告訴她我在忙，沒空見她，請她回去！」

松波博士打了電話給警察，描述事件的經過，並提到美女馴鷹師到府上賠罪一事，希望警方能一併調查。

不久後，警官便前來帶走了馴鷹師。

小夜子用手碰了碰達也的額頭。

「狀況不錯，看樣子不會發燒。」

她說完，不禁鬆了口氣。

然而，達也最後還是發燒了。

原本他已經迷迷糊糊地睡著，卻突然做惡夢驚醒。

「老鷹——老鷹——！」他從床上猛然起身，害怕地尖叫。

「達也，沒事，這裡沒有老鷹。」

小夜子將冰枕輕輕墊在達也發燙的頭底下，並將冰袋放在額頭上。

達也整夜都在胡言亂語，痛苦不已。

天色快亮了，醫生匆匆趕到時已經為時已晚，達也陷入了重度昏迷，命在旦夕。

醫生抱胸沉思了一會兒，面有難色地說：

「就算是傷口受到黴菌感染而引發敗血症，也不至於如此啊——情況不對勁，需要請其他醫生一起診斷，或者至少先來看看情況——」

醫生三緘其口。

想當然耳，醫生拒絕簽下死亡診斷書。事後證明，有某種可怕的毒藥進入了傷口。

警方懷疑是鷹爪上抹了毒藥，決定調查一度獲釋的美女馴鷹師。儘管她已經消失無蹤，警方仍在不久後從三河島的百軒長屋[2]將她逮捕歸案。

警方對她嚴格審問，但她只是不斷哭泣，什麼也沒有回答。

一名刑警調查了女子的背景，向主任報告：

「岩下花，二十七歲，有竊盜前科，剛出獄不久。」

「隨行的男人是她丈夫嗎？」

「不，是她的父親。她沒有結婚，但是有一個私生子。」

「男孩還是女孩？」

「是男孩，但已經去世了——以前她當過鳥販，生意不錯，但後來收攤了，這幾年經濟狀況一直不太好，直到最近才開始賣藝吸引小朋友。她說祖先曾當過馴鷹師，她便靈機一動以此維生。」

「鷹獵的收入很好嗎？」

「似乎不錯，但是她欠了一筆錢，收入都被債主拿走了，鄰居也聽過她抱怨入不敷出。之前她的孩子身患重病，債務就是當時欠下的，她一直為此所苦。」

「孩子去世時幾歲？」

「九歲。」

「嗯。」

司法主任傳喚了美女馴鷹師，態度溫和地向她問話。

「妳為什麼要殺害松波博士的兒子？」

女子驚訝地瞪大水靈靈的雙眸。

「殺害？」

「嗯。」

「不可能，這麼可怕的事，我──我才──」

「不會做，是嗎？但松波博士的兒子已經在那天清晨過世了。」

譯註2 明治時期出租用的便宜集合住宅，由數間房屋連成一串。

「什麼？」

她搖搖晃晃地站起來，臉色愈來愈蒼白，接著踉蹌了一下，趕緊抓住椅背。

「大人，您、您說的——是真的嗎？」

「松波博士的兒子是被鷹爪毒——不，是塗在鷹爪上的毒藥害死的。妳是故意讓老鷹抓傷他的吧？為什麼要這麼做？把動機說清楚，若不從實招來，不光是妳，妳父親恐怕也會以共犯罪嫌遭到逮捕。」

「大人，不要拿我開玩笑了，我從來沒有塗過什麼毒藥啊。啊——怎麼會這樣？小少爺真的過世了嗎？——大人您沒騙我嗎？」

「沒騙妳，告別式就在今天。」

女子嚎啕大哭起來，哭了許久許久，最後抬起臉龐。淚水彷彿洗滌了她的靈魂，令她看起來純潔又美麗。她帶著笑意，抬頭凝視司法主任，水汪汪的雙眸中流露出深深的決心。女子咬緊蒼白的嘴唇，堅定地說：

「大人，對不起，我要自首。的確是我——殺害了小少爺。」

「動機是什麼？」

「我曾經在松波府服侍過。當年我生下了一個孩子，與小少爺一樣大，今年都是九歲，但不久前過世了，從此我便失去了自己的孩子。我因為生活困頓，付不出錢請大夫，害兒子無辜喪命，我兒如此命苦，同年出生的小少爺卻養尊處優，過著幸福美滿的生活——每每想到這一點，我就既羨慕又嫉妒。我實在太過思念過世的兒子了，便在府邸附近徘徊，結果遇見了小少爺。自從我擺攤表演鷹獵以來，小少爺每天都到那塊空地捧場，有時我們甚至會說到話，這令我開心極了。在那邊表演鷹獵，彷彿就只是為了等待小少爺來，他每天高高興興地來看鷹獵，我也覺得彷彿見到了過世的兒子，感到非常安慰，因此每天都很期待到空地擺攤。如果我的孩子能像小少爺一樣，出生在一個偌大的府邸，有一位有頭有臉的父親，那該有多好——想到這，我就不禁悲從中來，這樣的想法日益強烈，最後演變成了對小少爺的恨意。或許是出於嫉妒吧，某天，當我見到小少爺與他的母親一起來看鷹獵，我竟然怒火中燒，發瘋似地唆使老鷹攻擊他們，因此被父親訓斥了一頓。不過與其說我憎恨小少爺，倒不如說是夫人的態度惹火了我。我走到小少爺身旁，幫他戴皮革手套時，由於小少爺實在惹人憐愛，我忍不住摸了摸他的頭，夫人居然皺起眉頭，說那樣很髒，接著拍掉我的手，親自為小少爺戴上手套——在她眼中，像我這樣的賤民，連一根手指頭都不配碰小少爺的身體。此舉令我忍無可忍，我便把心一橫，殺死了小少爺，讓夫人品嚐和我一樣的喪子之痛。」

「妳既然不曾結婚，那麼孩子的父親是誰？」

她錯愕地抬眼，沉默片刻後，突然自暴自棄起來。

「是一名送貨的年輕人，長相英俊瀟灑——呵呵呵呵。」她發出歇斯底里的笑聲。

遺書

小夜子自從失去獨子達也後，成日愁眉苦臉、閉門不出，不斷唉聲嘆氣。

得知凶手是美女馴鷹師，而她便是從前的婢女花兒，令松波博士非常驚訝。

「美女馴鷹師會受到什麼樣的判決？」小夜子問道。

「當然是極刑，那女人不被判死刑才怪——」

夫人一聽暈了過去。

當天晚上，小夜子自殺了。

接二連三的惡耗，讓世人對博士充滿了同情，報紙報導夫人之所以自殺，是因為痛失愛子而陷入極度的神經衰弱所致。

博士自己也是這麼以為的，可是當他偶然在一個盒子裡發現一本外文書和遺書以後，死因就被徹底顛覆了。外文書的封面是灰色的，作者是弗朗茨·阿貝爾，書名是《毒物學》，第九十二頁被折了起來。

松波博士打開遺書，內心翻騰不已。

「只要看完同捆的信函，老爺就會明白我所言不假。」

開頭這樣寫著。遺書附帶了兩封來自婢女花兒的信，博士先讀了這兩封信，感到震驚不已。

小夜子的遺書中詳細描述了她讀完花兒信件後所遭受的痛苦，信末寫道：

「我一個人暗中調查，剛開始還半信半疑，但不幸的是這一切都是事實。在我去箱根別墅靜養的期間，老爺給了花兒一大筆贍養費，要她保證決不鬧事，之後便與花兒分手，這些曾和花兒一起工作的阿清都告訴我了。達也確實是花兒的孩子，花兒家也的確擁有不健康的血脈。我不能讓世代望族的松波家血統被玷污，那樣太對不起列祖列宗了。達也也因為遺傳了這種體質，無法平安幸福地度過一生，於是為了家族和達也的將來，我下定決心，狠下心來除去這個禁忌的污點。受到花兒脅迫一事萬一被世人知曉，老爺的名譽一定會受損，但只要沒了達也，您就沒有把柄會受人威脅了。我已經深思熟慮過，於是私下閱讀了弗朗茨．阿貝爾的著作，研究了藥物學和毒物學。我這麼做並不是為了掩飾罪行，而是因為我深愛達也，想讓他以最輕鬆、安詳的方式離開這個世界。當達也被老鷹抓傷時，我驚覺機會來了，便趁著半夜，將早就準備好的毒藥——我從表妹的藥房偷來的毒藥——塗在傷口上。

是我殺了達也，花兒什麼也不知道。當她承認殺害達也時，我感到非常恐懼，聰明的花兒一定洞悉了我的心思，才決定替我頂罪。

如果無辜的花兒被判處極刑，那麼我即便是以死謝罪都無法彌補。她的愛子已經死於非命，她還為了袒護凶手自願淪為死刑犯，花兒的心令我深深動容，因此我絕不能一錯再錯。我願意以死謝罪，老爺，希望您能體諒我，原諒我殺了達也，可憐可憐我愚昧的心。

重申一次，花兒是無辜的，請救救她，這是我最後的心願。」

松波博士見到美女馴鷹師時，開口的第一句話是：

「為什麼要欺騙警方，說達也是妳殺的？」

花兒沒有抬頭，哭著回答：

「我如果不那麼做，就太對不起夫人了——仔細想來，我簡直是全天下最惡毒的女人，實在沒有臉見人。我是個自私鬼，調換松吉只是為了讓自己的孩子幸福，完全沒有顧慮別人，若無其事就犯下了那麼可怕的罪。此番我又種種脅迫夫人，令她受盡折磨，但是夫人並不恨我，也沒有責怪我——她的心地是多麼善良啊。得知達也小少爺過世時，我總算清醒了，明白自己犯下了滔天大罪，並且由衷地向夫人合掌懺悔。我看穿了夫人的心思，而這一切都是被我所逼，我才是罪魁禍首，因此就算並非我下的手，也跟我親手殺了達也沒有兩樣。如今達也和松吉相繼過世，我也失去了活下去的勇氣。我只希望最後能讓我償還一點罪孽，讓我以殺人罪接受死刑。」

不久後，法律界無人不曉的大律師松波博士，不計前嫌為殺害兒子的凶手美女馴鷹師辯護的消息，便攻占了各大報章媒體的版面。

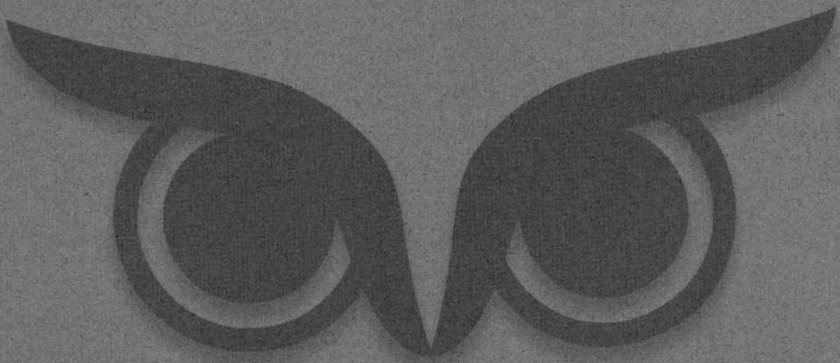

大和茶花女

不僅是她，連青年和侍女都像是精神病患一樣，
整個房間充斥著瘋狂的氣息，連我都漸漸陷入其
中……於是我匆匆離開了房間。

1

我一打開玄關拉門，母親便衝了出來。

「御殿山的東山先生一早派人來找妳，已經三次了。」她急匆匆地道。

「他找我有什麼事？」

「聽說是有要事，想立刻找妳商量。還交代等妳回家後，請馬上去找他。」

「他可以打電話到我的事務所啊——從事務所去他那裡快多了。」我沒好氣地念了兩句。

「他說他打了好幾次，可是一直在忙線中，聯絡不到妳。現在東山先生一定還在等妳，我說日名子啊，妳就去一下吧？」

「好吧，東山個性這麼急躁，現在一定暴跳如雷，正在遷怒家裡的人。沒辦法，我去去就回來。」

於是我穿上剛脫下的鞋子，火速趕往東山家。

東山家原本是一座可以俯瞰品川海的宏偉豪宅，但大部分的建築都在戰火中付之一炬了，只剩下一棟主屋與一座獨立的茶室。東山是個愛面子的人，卻不曾修繕門面，倒也不令人意外，據聞他正在暗中出售宅邸，可見財政狀況並不樂觀，他那煊赫一時的軍需公司也在戰後倒閉了，再加上第二次封鎖與財產稅的打擊，要養活一家上下十幾口人可不是什麼簡單的事。

東山春光的父親與我父親交好，因此我和他也成為朋友。他從高中時代就是一個愛玩的人，典型的紈褲子弟，任性、虛榮、自以為是，令人不敢恭維，但他對女人卻具有致命的吸引力。聽說他曾經整日泡在新橋的酒店，甚至直接從酒店去上學。他的婚姻十分坎坷，包含第一任迎娶的美嬌娘在內，已經失去了五任太太，自那之後他便不再娶妻，而是將金屋藏嬌的小妾帶回家裡。

這名小妾是遠近馳名的美女，在社交圈可謂無人不曉，甚至有大和茶花女的稱號。她並非藝妓，也不是女演員，真要說起來比較像周旋在男人之間的情婦。不過自從她投入東山春光的懷抱以後，似乎就將他視為最後的歸宿，再也沒傳出什麼消息了。

而東山據說也為了替她贖身，不惜與人單挑。

總之，從那以後，他便專心經營家庭，不再流連於花街柳巷。我想他一定過著恬淡幸福的生活，因此也默默祝福他。然而，當我來到品川東山府與他見面時，眼前的景象卻顛覆了我所有的想像。他變得面目全非、憔悴不堪，疑似還有顏面神經痛等症狀，眼睛和嘴巴不停抽動，令我震驚不已。

我跳過了久違的問候，問道：

「你說有要事，到底是怎麼了？」

他焦躁地用指頭敲著椅緣，雙腿交疊又鬆開，顯得坐立難安。

「日名子，這件事極度機密而且緊急，必須儘快處理。妳能發誓絕對不洩露出去嗎？」

「我既然做這行，當然會遵守保密義務。」

他深深頷首。

「是啊，就像醫生不會洩露病人的祕密一樣。我這麼求妳或許有些厚臉皮……不過相信以我倆的好交情，妳一定會幫我一把的。妳可曾見過內人美耶子？雖然她不是我明媒正娶的妻子就是了。」他問道。

「嗯，見過兩次，夫人非常美麗。」

春光苦笑了一下，說：「美耶子昨晚被人擄走了。」

「咦，夫人被擄走了？」

「嗯，內人被擄走了。」

「你怎麼知道她是被擄走的？」

「美耶子病重，早就臥床不起，一個舉步維艱的病人突然消失，只有可能是被擄走了，不是嗎？」

我默默觀察他的表情，他蒼白的臉頰因為激動而泛紅，充血的雙眼流露出整晚的苦悶，就連他一貫梳理整齊的頭髮，也在說話時被他用手指反覆抓撓，變得凌亂不堪。

美耶子交遊廣闊，他心中想必五味雜陳、滿是妒意。他是一個這麼愛面子的人，夫人失蹤肯定讓他很不是滋味，就像在他臉上抹了一把污泥。此事一旦傳出去，他的面子要往哪裡擺？因此他非常著急，想趁消息走漏之前把她找回來。

「可以告訴我詳細情況嗎？你說夫人身體虛弱，她得了什麼病？」

他用鼻子冷哼了一聲，笑道：

「像她那樣的花蝴蝶，最後當然是死於結核或梅毒。這就叫自作自受，誰叫她到處招惹男人，這下報應來了吧。」

他刻薄的言辭令我很不舒服。既然夫人病重，就該儘早調養，倘若他只是眼睜睜看著她的生命之火愈來愈微弱，就表示他並非真的愛她，說不定是另有盤算，刻意要報復她。

「所以……」他接著說，「考慮到對外的形象，我找了醫生，將她診斷為神經衰弱，總不能宣告她是因為梅毒而神經麻痺、失智吧？如果宣布她瘋了，失蹤倒也合情合理，可是我不想引起流言蜚語，所以無論如何，我一定要把她帶回來，讓她死也死在家裡。而且妳也知道，美耶子愛慕虛榮，非常在乎面子，堅持要以東山夫人的身分下葬，所以這也算是我的慈悲吧。至於那個擄走她的傢伙，他一把她帶回去，一定很快就會失去耐心，畢竟她那麼任性，我看那傢伙不出三兩下就會拋棄她了。」

「擄走她的人有捎來任何訊息嗎？比如要錢之類的？」

「目前沒有收到任何消息。」

「他擄走一個病人，到底有什麼目的？」

「他可能不清楚她病得多重吧？蠢貨一個。」他不屑地說。

「倘若沒有人多嘴，她被擄走對我反而更好，就怕那些三姑六婆們嚼舌根。」

如果我不是他朋友，早就一口回絕了。我想美耶子投靠他以後，一定受過不少冷落，因此我也不敢肯定被擄走對她而言是幸還是不幸。如果帶她回來能讓她幸福，那我決定為了她努力，而不是因為他的請求。

「請告訴我她失蹤的來龍去脈，以及還有什麼不尋常的事。」我說完，他望著天花板思考了一會兒。

「首先，請容我說明一下最近家裡的經濟狀況。如妳所見，美耶子愛好奢侈，一旦生活水準下滑，她就會不高興。但家中早已捉襟見肘，我無法提供她想要的生活，因此她對我怨言頗多，甚至背著我找昔日相熟的男人訴苦，還書信往返了兩三次，是不是很可惡？」他咬唇說道。

「你知道那個男人是誰嗎？」

「我知道，他是個古怪的人，雖然我沒親自見過他，但他寄來的信都非常傲慢、囂張，說什麼自己願意接美耶子過去照顧。」他說完走到另一個房間，打開抽屜拿了幾封信回來，雙手顫抖地從信封中取出信紙並開始朗讀。

「『每次聽到美耶子的近況，我都心疼不已，為此我決定不再保持沉默——讓她回到我身邊吧，既然她的病情已無法康復，至少讓她在最後幾個月或幾天打從心底感到快樂——』日名子，你聽聽這囂張的男人在胡言亂語些什麼，他還以為美耶子是他的呢，開什麼玩笑，這男人真是瘋了——」他怒氣騰騰地罵道。

「你有答覆他嗎？」

「當然是沒有！」

「他最後一次寄信來是什麼時候？」

「幾天前，我把信扔著不管，結果昨晚美耶子就不見了。」

「美耶子睡在哪個房間？她既然病危，應該有護士陪著吧？」

「護士也受不了她的壞脾氣，沒有人能照顧她超過三天。太常換人會惹來左鄰右舍非議，所以後來就不請護士了。」

「那是誰在照顧她？」

「沒有特別指定由誰來照顧，誰有空誰就去看一下，院子裡獨立的茶室就是她的病房。昨晚家中有客人來訪，加上晚上又下了場大雨，美耶子八成已經入睡了，便沒人去看她，想說隔天一早再去就好，因此昨晚是美耶子第一次獨自待在茶室裡。」

「美耶子是今天早上才被發現失蹤的對吧？昨晚既然有客人來，那麼到底是入夜不久就失蹤，還是三更半夜才失蹤，詳細時間恐怕很難掌握？」

「嗯，但是從她的身體狀況來看，她不可能自己離開，所以絕對是寄那封信的男人把她帶走了。我們畢竟是門外漢，就算跟他談判，他恐怕也不願輕易放人。我猜他的目的是勒贖，想藉機敲我一筆竹槓——此事告知警方當然很快就能破案，但我不希望被外界知曉，否則上報可就麻煩了。而妳既是女子，又是私家偵探，這就是為什麼我來找妳幫忙，我希望妳能瞞過世人，從他手裡把她帶回來。不過，那個人也不是省油的燈，妳務必小心，否則可能會著了他的道。地址寫在這裡。」

他遞給我一個信封，我看到寄件人的名字有點驚訝，那是一位當紅的流行歌手，一名聲譽極佳的青年。

2

隔天我去拜訪了那位青年。

他若無其事地帶我進入客廳，說道：

「我還以為今天會是東山來接她。」

這位青年相貌英俊，但看起來比實際年齡要蒼老得多。他並非東山春光所想像的囂張、惡劣，反倒謙謙有禮、斯文孱弱。

我開門見山地道：

「如您所料，我是為了夫人而來的。」我遞上名片，他瞥了一眼，道：

「我一開始就報上名字想與東山協商，可惜他不屑一顧，逼得我出此下策。我帶走她是過火了些，甚至可說是犯罪，但如今時間所剩無幾，我不得不這麼做。除此之外我並未提出什麼過分的要求，應該不需要勞駕偵探出馬才對。」

我解釋了和東山的交情，以及他希望這件事能平靜落幕、不要鬧到外界，因而特別委託我一事。我也向他保證，若能讓夫人平安無事地回家，東山絕不會為難他，希望他能放心。

「我很感謝東山的好意，但距離夫人回家……可能還需要一點時間。不過，最後我一定會送夫人回去的——」

「不行，東山極度害怕此事淪為世人的笑柄。如今知道的人尚且不多，還能大事化小、小事化無，一旦拖太久自然會洩漏出去，親戚朋友便會議論紛紛，到時就無法息事寧人了。倘若事情鬧大，甚至驚動警方，就得緝捕犯人歸案。東山一心只想瞞住此事，那樣簡直比要了他的命還可怕，還望您能諒解。」

他聽完，臉上流露出難以言喻的悲痛，抱胸陷入沉思。

「您考慮得如何？」我催促他回答。

青年像塊石頭一樣，不發一語。

「讓夫人回家，對您比較好。」

他調整姿勢，正襟危坐地說：

「從妳的角度來看，一定認為我是一個不講理的瘋子，一個綁架別人太太的狂徒，但這背後是有故事的，希望妳能聽一聽。在那之前，我會先帶妳見見美耶子，讓妳知道她平安無事，也好讓妳放心。」

「請務必帶我見見她。」

「那請隨我來吧，但我必須預先告知她的狀況，以免妳太過失望……她已經失去自我了，雖然有時候會回神，但已經想不起自己是東山太太，也想不起自己叫美耶子。」

「您的意思是？」

「她在作夢，夢見自己是茶花女——」

「茶花女？」我錯愕地看著他。

青年露出痛苦的神色。

「對她來說，作夢是最幸福的。從她獲得大和茶花女的稱號開始，她就總是嚷嚷著想成為真正的茶花女，而不是「大和」茶花女。這個想法令她發狂，每當她發病，就好像變成了小說中的女主角，現在她長久以來的夢想終於實現了，對美耶子來說，再也沒有比這更美妙的生活。看著她沉浸在無比的幸福中，我也覺得非常欣慰，所以才希望能再給我們一些時間……讓她回到冷酷的現實世界未免太可憐了，我想讓她繼續作夢，讓她在夢中度過餘生。」

青年說完，擦了擦眼淚。

「如今的東山早已厭倦了美耶子，他只是顧及社會形象才想挽回夫人，實際上根本不關心她，我絕不能把她交到那樣冷漠的人手中——」

我跟隨青年走入裡面的房間，入口懸掛著厚重的天鵝絨窗簾，透過縫隙可以看到房裡的景象，眼前美麗的一幕令我印象深刻——床前環繞著鮮花，潔白的蕾絲帷幕半掩，避免光線直接照射到她的倦容。房間雖小，卻布置得美侖美奐，美耶子側躺在蓋著蕾絲的枕頭上，看起來心滿意足。

聽見青年的腳步聲，美耶子睜大了眼睛，朝他伸出雙手。他奔過去跪下，握住她纖細的手，吻了上去。

她推開紅色羽毛被，想要挺起上半身卻隨即倒下。她披著一襲刺繡華美的水藍色長袍，胸前戴著一朵茶花。一名隨侍在床邊的女孩跑了過來，小心翼翼地為她蓋上被子。青年說那是美耶子的侍女，這名侍女也穿著古典洋裝，打扮得有模有樣。

「這個房間隨時都在上演《茶花女》，我也扮演了其中一個角色。」他一本正經地說道。

這個與世無爭的房間難道就是美耶子夢寐以求的世界嗎？不僅是她，連青年和侍女都像是精神病患一樣，整個房間充斥著瘋狂的氣息，連我都漸漸陷入其中……於是我匆匆離開了房間。

3

回到客廳的我鬆了一口氣，青年隨後跟來，坐在我對面的椅子上，開始娓娓道來：

「故事要追溯到二十年前。無依無靠的美耶子為了生存，無奈之下淪為煙花女子，這是她唯一的活路。每晚她都在街上拉客，某個下雪的寒夜，她一個客人都沒有拉到，那時她才剛生下一個父不詳的嬰兒，並將嬰兒托給了醫院照料。那晚她不僅沒有任何收入，還得忍受乳房脹痛之苦。

夜漸漸深了，雪愈下愈大，眼見生意已經做不成，美耶子正打算回府，突然發現前方人行道上有一個人影。那是個像矮冬瓜的男人，身穿斗篷，步履蹣跚，不過再矮也無妨，只要是男人就好。

她追上前去，從背後喊住他。

『這位小哥，雪下得這麼大要上哪去呀？不如來我家坐坐？有熱呼呼的紅茶，還有威士忌哦。我會好好招待你的，嗯？』她說著，將手搭在他肩上，探頭看他的臉，結果不由自主倒退了一步。

那是個十歲左右的男孩。

她將那名飢寒交迫而不停發抖的男孩帶回自己的公寓，目前為止一切都還算順利，問題是她沒有任何東西能給他，紅茶和威士忌也只是嘴上說說罷了，最後她將十錢銀幣投進瓦斯爐，燒了開水給他喝。

兩人一起喝著熱水，躲進被子裡相擁取暖。就在此時，她忽然靈機一動：

『我脹奶脹得很難受，不如你喝我的奶吧？』她說著，解開了胸前的衣襟。少年已經餓了整整三天，迫不及待地吸食起她的乳房。這下她終於能輕鬆入睡，男孩也睽違已久填飽了肚子，甜甜地遁入夢鄉。

從那晚開始，他便寄宿在她的公寓。每當太陽下山，她就出門賺錢，回來時總是握著鈔票，兩人便用這些錢買食物過活。

到了第十天晚上，美耶子似乎知道今天會做成一筆大生意，說會買很多禮物回來，要男孩乖乖在家等她，說完便急急忙忙地出門了，然而她並沒有回來，隔天晚上、後天晚上也一樣，男孩又再度飢腸轆轆。

後來他才知道，她碰上流鶯搜捕行動，被送進醫院了。

這件事發生在男孩十一歲的時候。

當她的朋友從醫院送錢回來時，他已經離開公寓了。

之後兩人便斷了音訊。

幾年後，他得知了大和茶花女的名號，才又嘗試與她相認。他見過她幾次，有一次是在歌舞伎座的入口，那時的她就像公主一樣美麗動人。另外一次是他去觀賞菅原好美演唱的歌劇《茶花女》時，發現她被幾名像富豪的紳士團團簇擁，因此他只能遠觀、無法靠近，更遑論與她說話了。但他無論如何都想見她一面，向她答謝當年在公寓的恩情，可惜一直苦無機會。

大和茶花女的名聲愈來愈響亮，某天卻傳出東山春光已經納她為妾的消息，這令他大失所望。如果她還是茶花女，或許兩人還有相見的機會，可是一旦回歸家庭，恐怕這輩子再也無法見面，他便報不了令他永生難忘的公寓十日之恩了。一想到這，他就肝腸寸斷。

一年如夢般飛逝，隔年，兩人居然在某個舞蹈發表會的走廊上擦身而過。如此偶遇簡直是天賜良機，豈能錯過？於是男孩鼓起勇氣走到她面前。兩人執著彼此的手開心相認，但她也難過地談起現在的生活是如何不幸，哭著懇求他救救她。

那時疾病已經開始侵蝕她的身體，但東山在她病倒前從未請過醫生。她的病房被挪到茶室以後，生活更是悽慘，美其名是為了療養，實際上就像在坐牢。

她不知道企圖逃亡過多少次。漸漸地，她的身體不再聽她使喚，病毒開始嚴重侵蝕她的肉體，令她病入膏肓。

在那時候，男孩收到了她絕望的求救信。

事到如今男孩也顧不得會有什麼後果了，他決定冒一切風險救她。聽聞她已時日無多，他只希望她能感到快樂和滿足——即使只有片刻也好，然後安詳離世。」

說完故事，他長嘆一口氣。

「請妳讓她在喜悅中與世長辭，好嗎？」他別過臉道。

我不忍心將她帶回，便對東山說美耶子已經病到完全無法起身，請等她康復些再接她回家，責任我會一肩扛起，然後硬是說服了他。

東山只好向親朋好友交代，說美耶子住院了。

我則相信青年的話，一直在等他的消息。

過了大約半個月以後，某個細雨綿綿的日子，青年派車來接我。

「按照約定，妳可以送夫人回家了。」他在玄關迎接我，接著立刻帶我到美耶子的房間。

走進那個令人印象深刻的華美閨房，我看見她臉上蒙著白布，躺在床上。

大和茶花女

「美耶子在今天早上八點辭世了。」他低頭說道。

我揭開白布，端詳她的臉龐。她的面容安詳而美麗，彷彿只是睡著了，嘴角還掛著微笑，令我感慨萬千。

她的胸前依舊戴著一朵茶花，我便以接她出院為由，將她的遺體帶回了東山家。

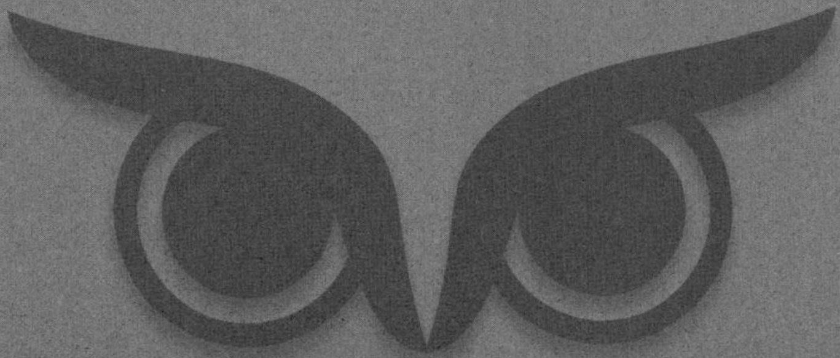

那張臉

有謠言指出，情婦其實有個小男友，在丈夫的逼問下，情婦坦承確有此事，兩人因此產生嫌隙，丈夫對她的熱情也逐漸消退。

1

刑事辯護律師尾形博士從法庭回家後，總算放鬆心情，享用了一頓悠閒的晚餐。庭園裡的嫩葉不知不覺已經綠油油一片，月亮高掛在空中。

夫人悄悄走了進來，她化著淡妝，手上拎著葡萄酒的瓶子。

「你一定累壞了吧？」夫人抬眼望著丈夫，一邊將酒斟滿酒杯。

「嗯，不過——我現在就像是卸下了一直扛在肩膀上的重擔，感覺輕鬆多了。」

「這樣啊？聽說今天的辯護非常精采，我也很想旁聽呢。剛才霜山律師來過，滿口都在誇你，他說現在很難聽到如此令人熱淚盈眶的辯護了，就算被告被判處死刑，他應該也會滿心歡喜，在往黃泉的路上感激你呢。」

「霜山兄未免太會拍馬屁了……我只希望被告的罪名能稍微減輕一點。」

「至今你不知救過多少被告。雖然在世人眼中，刑事辯護律師就像在助紂為虐，實際上卻是在幫助他人，就跟菩薩一樣。」

「可惜這份工作賺不了錢，只能成天瞎忙。」他笑著說道。

「畢竟那些殺人犯、強盜通常不是有錢人，但你總是說你獲得的喜悅是無價的。聽到他們減刑時，我心裡也覺得很寬慰，如果我能像你一樣為他人辯護，不知該有多好。」夫人話還沒說完，門外突然響起了微弱的鈴聲，像是有人用指甲或指頭輕輕碰了一下門鈴。

「嗯？」夫人咕噥了一聲。

兩人面面相覷、不發一語，接著門鈴又響了，這次的聲音比較紮實。

夫人微微偏頭。

「感覺不是一般客人，對方可能遇到什麼麻煩了。」她說完離開座位，不一會兒又跑了回來，臉上帶著驚慌。

「有個像幽靈一樣的女人垂頭喪氣地站在門外，感覺好恐怖。她的臉朝著暗處，我看不出她幾歲，但她打扮得非常漂亮。她完全沒看我的臉，只說她無論如何都有事想請教老師，只好在夜裡冒昧來訪。她還遞了一封介紹信給我，當時她的手在顫抖，聲音聽起來像在哭……」

博士接過介紹信，拆開封口，將內容讀過一遍。

「介紹人真是出乎我意料。」他把介紹信扔回夫人手中。

「哦，是米歇爾神父介紹的啊，你認識這位神父？」夫人問道。

「嗯，我年輕時是虔誠的天主教徒，現在雖然有些偷懶，在形式上比較不拘小節，但心仍和年輕時一樣虔誠。二十多年前，就是米歇爾神父為我受洗的，想不到神父居然還記得我。」博士愉快地起來，親自去玄關迎接訪客，將她帶到一旁的客廳。

「您想請教什麼事呢？」他悠閒地點燃了一根菸，問道。

那名女子一如夫人所言，身子不停發抖，她找了個陰暗的角落坐下，頭始終不抬起來。女子可能已經三十歲，甚至是四、五十歲了，她瘦削蒼白的臉龐帶著憂慮與不安，看起來歇斯底里的粗黑眉毛深深地蹙起。介紹信上只寫了她叫川島浪子，沒有介紹她的身分，也無從判斷她已婚還是寡居。不過深夜突然造訪的客人通常都有難言之隱，這點他倒是有心理準備。

過了一會兒，女子才低聲道：

「我突然上門，是有事相求。」她低下頭。

「神父的介紹信上只寫了您的姓名，說詳細情況請詢問委託人——」

「是的，我是某家小公司高層主管的妻子，因為心中苦悶而去教堂告解，神父建議我向你求助，我便厚著臉皮來了。」她的口條比想像中清晰，說完終於抬頭直視博士。博士端詳著她的臉，然後……

「啊，妳是——」他不由得驚呼。

「是秋田，秋田浪子？」

「老師，原來你還記得我。」

「妳變了好多，我都認不出來了。加上妳自稱川島，就更認不出來了。」

「我後來再婚，嫁給了川島。」

「既然是秋田，妳其實不必拿介紹信來。」

「我以為你忘記我了——畢竟我們交往已經是二十年前的事了。」

「就算過了幾十年，我也忘不了妳——」他差點脫口而出，但畢竟人事已非，只好將此話硬生生吞了回去。

「就算我再健忘，也絕對不會忘記那段時光。」

「那你還在生氣嗎？氣我結婚——」

博士用力地搖了搖頭。

「不，怎麼會？妳當年已經講得很明白——嫁給像我這樣的窮書生不可能幸福。當時我就死心了，後來聽說妳很快就嫁給一個富翁當繼室，我還為妳感到高興呢，因為我想他一定能讓妳幸福。妳和他後來怎麼樣了？」

「他過世了。前妻的兒子是繼承人，我便離婚，與川島再婚了。」

「所以——妳現在應該過得很幸福吧？」他口中雖然這麼說，但是看她衣著華麗，卻像變了個人似地面容憔悴，實在很難相信她過得多幸福。

她哀傷地低下頭，顯得有些淒涼。

「老師，你看過今天早上的報紙了嗎？」

她抬頭問道。

「有一篇青年誤殺嬰兒的報導，你讀了嗎？」

「看過，怎麼了嗎？」

博士點了點頭。

「是指那起無意識殺嬰案嗎？」

「我就是為這件事來向老師求助的。」

「所以那位青年是？」

「他是我堂弟。」

「嗯，他跟妳娘家的姓氏一樣，都姓秋田，我記得他叫做秋田弘吧？」

「他是我小叔叔的兒子，是個品學兼優的孩子，但自從大學畢業前被徵召入伍，派去打仗後，整個人都變了。戰事結束後他跟著回國，但對重返大學興趣缺缺，也不想找工作，每天只是遊手好閒、混吃等死，對未來一點嚮往也沒有。他的父母也漸漸失望，最近都不給他錢了，所以他常常跑來找我借錢。」

「妳稍等一下。」

博士搖了搖鈴，請夫人將今天早上的報紙拿過來。他再次讀完報導後，驚訝地問道：

「這起命案發生在妳家？」

「對。」

「唔。」

他早料到她的來訪肯定有難言之隱。

「那個嬰兒呢？」

「是我的孩子。」

「什麼？所以妳的孩子遇害了？」

「嗯，可是……老師，阿弘是個可憐的年輕人，我的孩子雖然遇害，但我一點也不恨他，我此行……是想拜託老師救救他。」她說完，雙手合十。

「老師，阿弘會被判死刑嗎？」她哽咽地問道。

「不確定。」

「如果阿弘被判死刑，我也不想活了，他太可憐了——求求你，求求你救救他——」

女子苦苦哀求。

「但我也無能為力啊！他去妳家，殺了妳的孩子，妳親眼目睹而來不及阻止——如此罪證確鑿，不是嗎？」

「報紙上是這麼寫的沒錯，但事實上情況很複雜——」

「那就把來龍去脈原原本本地告訴我，我會盡全力救他。」

「拜託你了，這可能是我這輩子第一次求你，也是最後一次。老師，請你聽聽我的哀求。」女子說完，泣不成聲。

「好，但妳一定要如實以告，不可以有任何隱瞞，要是摻雜謊言，我也救不了你們。」

「我保證絕不說謊，也不會隱瞞任何事情，我會將原委一五一十告訴你。」

2

為了撫平激動的情緒，浪子把手按在胸前，閉目養神了一會兒，接著緩緩開口。

「我不知道該從何說起，總之先介紹一下我家的狀況好了。如我剛才所說，川島是公司的高層，他是個愛好奢侈的享樂主義者，之所以位高權重，不是因為他多有才華，而是因為他用家族留下的財產買下了公司的股票。他出手非常闊綽，我從未因金錢而煩惱過。不過，自從再婚的第二年開始，我就深深體會到人的幸福並不取決於財富的多寡。」

博士笑了一下。

「是妳自己選了有錢人嫁，不是嗎？」

「我當時太年輕，還不懂事。我丈夫是個花花公子，在我們結婚之前就有一個女人，那女人據說是一家咖啡廳的紅牌，我丈夫買了一間靠近公司的房子給她住，每天上班都去探望她，除了我之外，公司裡沒有人不知道這件事，比起我，大家更忙著巴結那名情婦，還會恭維地喊她『夫人』。」

「這世道就是這樣，尤其有錢人的妻妾——情婦的勢力總是比妻子龐大。」

「我這個妻子就像是壁龕上的擺設，只是為了維持體面才娶的，因此每天都過得索然無味。就在去年的這個時候，我偶然得知情婦懷孕了。」

「那妳的孩子呢？」

「我沒有生小孩。情婦懷孕一事令我手足無措，我考慮過成全他們、與丈夫分開，但是仔細想一想，那樣就輸給情婦了，只有我遍體鱗傷。如果我離開，等於是順了她的意，她就能嫁進來，成為明媒正娶的夫人。因此就算我百般不情願，我也必須爭這一口氣，絕不能讓情婦登堂入室。」
「那是當然。」
「我知道丈夫早就不愛我了，最近他幾乎都留宿在外。原本丈夫一直瞞著我他有情婦，如果我夠聰明、夠世故，或許就不會去追究這些事，而是裝作不知情，可是我太嫉妒了，衝動之下我便告訴丈夫我全都知道了，看到他啞口無言的樣子，我感到非常痛快。」
「剛開始或許會覺得大快人心，結果只是變得更糟吧？」
「之後我才明白那樣做是不明智的。正所謂將錯就錯，男人一旦被揭穿，就會變得理直氣壯，我以前根本不知道會變成這樣。丈夫如今在我面前已經毫不避諱提起情婦，甚至會拿我們來比較，一個勁兒地稱讚情婦，我覺得受到了污辱，每次都跟丈夫吵架，一吵就停不下來。後來，我聽說情婦生了一個如花似玉的女嬰。那是他和心愛女子所生的孩子，於是他幾乎不回家，每天都黏在情婦身旁。」

「川島這麼做實在太糟蹋妳了，妳可是家中的女主人，這樣妳要如何在僕人面前樹立威嚴？」博士看起來非常心疼，無論是她判若兩人的憔悴面容、憂傷眼神，還是在困境中喘息的可憐模樣，都令他無比痛心。

「女嬰出生不久後，發生了一件事，那對我來說是好事，對丈夫而言卻不然。有謠言指出，情婦其實有個小男友，在丈夫的逼問下，情婦坦承確有此事，兩人因此產生嫌隙，丈夫對她的熱情也逐漸消退。某天，丈夫支支吾吾地對我說，如果我能收養女嬰，他願意與情婦斷絕關係。我怎麼可能放過這樣的機會，所以立刻就答應了。然而，情婦卻說女兒不能只當養女，要讓她入族譜，成為法定繼承人。」

「這女人不簡單，不過我想妳應該早就知道了吧？」

「是啊，所以我逼丈夫與她斷絕了關係。雖然丈夫本來就愛玩，不可能死守妻子一人，但是對我來說，只要他們分手，我就高興。情婦好像只在乎能否拿到分手費，丈夫倒是很依依不捨，不過最終還是達成協議，條件是她永遠不得見丈夫、不得見女兒。於是我就挑了一個良辰吉日，收養了女嬰。」

「就是那個遇害的嬰兒嗎？」

「對，雖然不是我親生的，但我照顧了她十個月，早就將她視如己出，她真的非常非常可愛。」

「那你丈夫呢？」

「他為她取名為愛子，疼她疼得不得了。因為愛子，他變得很少在外頭拈花惹草，令我安心不少。原本我以為自己做了一件好事，誰知丈夫對已分手的情婦餘情未了，一直想與她復合。那時我才逐漸明白，他將愛子帶在身邊是為了留住情婦的心。而情婦明明答應再也不與他見面，仍三不五時與他幽會。」

「那妳豈不是吃了大悶虧，被他們耍得團團轉嗎？」

「一想到她將來有可能繼承財產，我就氣到發瘋。老師你知道嗎？一個人撫養嬰兒是一件多麼不容易、多麼辛苦的事情，這樣的辛勞統統由我來背負——我真的好恨。」

「她生的小孩既然是繼承人，以後她公然露面，也不會怕妳。」

「我已經沒有容身之地了，每天鬱鬱寡歡，只有堂弟阿弘肯同情我。」她說著，嘆了口氣。

「容我介紹一下阿弘。阿弘從小聰明好學、成績優秀，父母非常疼他，凡事都由著他，但他卻罹患了嚴重的間歇性暴怒症，一遇到不如意的事，就會像瘋子一樣亂發脾氣，所以他的精神狀況的確如報紙上所寫的不太好。」

「好任性的少爺。」

「阿弘生氣時大家都會逃之夭夭，他一動怒就像完全變了一個人，眼睛會瞪得老大，臉色與其說蒼白，更像塗了粉一樣毫無血色。那比較像是一種激烈的短暫發作，問他發作期間做了什麼事，他會完全想不起來。有一次，阿弘非常生氣，竟然把在花園裡溜搭的雞的脖子扭斷了，等他恢復意識後看到雞已經死了，還非常傷心地問是誰殺了牠。還有一次他也掐死了一隻小狗，但那只是暫時的發作，等情緒平靜下來後，又會變回平常那個善良體貼的阿弘。」

「難道不是因為不敢承認，才謊稱自己失去記憶嗎？」

「不，他是真的完全不曉得發作時發生的事情，他也不像《化身博士》的傑克與海德一樣是雙重人格。因為這實在太離奇了，我就問了熟識的心理醫生，醫生說這叫意識喪失症，是一種精神疾病。其實真要說起來，阿弘母親那方的親戚中，就有一名發瘋後在牢中死去的女子，而阿弘的母親也因為極度的歇斯底里而幾度自殺未遂。」

「原來阿弘家有遺傳性精神疾病。」

「阿弘去打仗之後，性格變得比較暴躁，發作頻率也增加了。他對未來已經絕望，不再相信任何事情，每天不務正業，因此很快就沒錢了，只好跑來找我借錢。他願意聽我抱怨，又很同情我，我便瞞著丈夫給了他一些零用錢。不過他後來太常借錢，金額也愈來愈大，讓我很傷腦筋。」

「好手好腳卻不工作，這種人最麻煩了。」

「我找丈夫商量此事，他果然不准我拿錢給這種遊手好閒的年輕人。但我知道如果不給他錢，他真的會身無分文，無奈之下我只好給他一些衣物，叫他拿去賣，而且還給了不少次。每次阿弘都會淚眼汪汪地說：「浪子姊，對不起。」他的心地其實非常善良，只是一受到打擊或生氣就會發作，罹患這種病實在太可憐也太可悲了……我這樣講，老師應該能想像阿弘的性格了吧？」

3

她繼續說道：

「愛子一天比一天可愛。丈夫回家都是為了陪愛子，他會逗逗她、抱抱她，但我們的話題也只有愛子，沒了孩子，夫妻關係就會降到冰點。這令我感到很寂寞、很委屈。」

「但妳至少還有孩子。」

「或許吧，但有一天，丈夫在簷廊哄愛子時，突然緊緊抱住她、親她的臉，還喊了情婦的名字。我嚇傻了，感到頭暈目眩，丈夫居然在透過孩子親吻她！想到這我就怒氣攻心，於是我一把將愛子搶到懷裡，丈夫則臉色一沉，不發一語。」

「妳一定覺得很噁心吧。」

「當時的氣氛令我坐立難安，我試圖和丈夫和好，便聊起有了小孩之後每天都很快樂，沒孩子的夫妻生活實在太乏味了，結果他居然冷笑著說：「沒小孩的妻子跟外人沒兩樣。」然後拂袖而去。那句話一直迴盪在我腦海中，我與他結縭多年，始終沒有生下孩子，在他眼中我只個外人。相比之下，情婦雖然分手了，卻不是外人。我感到無比懊惱，五內如焚……」

「男人講話就是這麼難聽。」

「愛子長得和那個情婦非常像，不論是眼神還是笑容，簡直是一個模子刻出來的。一想到她是那個可恨情婦的翻版，她再可愛也變得面目可憎。當我盯著她水靈靈的雙眼，有時居然會覺得眼前這張臉不是愛子，而是那個情婦，她就是用這雙眼睛在蠱惑我丈夫的嗎？看著她鮮紅的櫻桃小嘴——就是這張可恨的嘴讓丈夫神魂顛倒，我就忍不住打了她的屁股，害她哇哇大哭。」她說著，落寞地笑了。

博士聽了若有所思，接著問道：

「妳虐待愛子，只會搞砸跟丈夫之間的關係吧？」

「可是她們實在太像了，像到我無法不討厭她，結果昨天就出事了……」她一邊說，身體一邊發抖。「我和丈夫因為愛子的事大吵一架，當時我非常激動，正氣急敗壞的時候，阿弘跑來找我。一想到這小子又跑來找我借錢，再加上他那張深表同情的臉深深刺痛了我，於是我勃然大怒——」

「也難怪妳會生氣。」

「我故意挑釁他，問他是不是又來借錢？他的臉頓時漲紅，顯得無地自容。接著我教訓了他一頓，說我今天不會借你錢，你太得寸進尺了，天底下哪有白吃的午餐？」

博士揚起嘴角，笑了一下。

「阿弘嘟囔了幾句，乖乖地低下頭，說道：『對不起，可是我今天無論如何都需要一筆錢，如果沒有這筆錢，我只能去詐騙了，求求妳再幫我一次好嗎？我求求妳。』他這樣低聲下氣地求我，我就更義正詞嚴了：『看看你這副德性，像個乞丐一樣。你要詐騙還是搶劫，與我無關。你說你很同情我，每次來還不只是為了要錢，我受夠了，你滾吧。』我對他咆哮。」

「看到妳發火，他應該嚇到了吧？」

「阿弘露出一副快要哭的表情，走出了房間。拉門還沒有關好，我又高聲喊道：『我不會再給你錢了，你以後也不用再來乞討了！』出了這口惡氣，令我感到如釋重負。這時忽然傳來一聲巨響，像有東西打在拉門上。我回頭一看，阿弘把拉門踹倒，怒氣沖沖地瞪著我，他雙拳緊握，牙齒磨得嘎嘎作響，豹眼圓睜。他發作了！他要失控了！像隻瘋狂的公牛——一想到這，我就像是從頭被潑了一盆冷水，渾身發涼、毛骨悚然。」她顫抖地形容那一幕。

「看到阿弘的臉像戴上面具一樣面無表情，我不假思索地抱起愛子往後退，並對自己剛才過火的言行感到很後悔。我對阿弘說：『阿弘，是我不對，我等等就拿錢給你，你別跟我計較好嗎？』可是當我一提到錢，就像火上澆油似地令他更怒不可遏。我以為他是回來要錢，所以才那樣說，他卻突然抓起一旁的娃娃摔出去，還用力將它的手腳扯斷。那一幕實在太駭人了，我嚇瘋了，趕緊逃到院子裡。」

「那愛子呢？」

「我發現我沒把愛子抱出來，趕緊跑回去，結果……嗚，老師，你一定無法想像當時的我有多驚恐。我倒在簷廊上，雙手撐著地板，身子動彈不得，完全嚇傻了。阿弘用雙手勒住了愛子的脖子，然後像對待娃娃一樣，打算扯斷她的手腳。我不顧一切地撲上去，試圖奪回愛子，但那時她已經斷氣，渾身軟綿綿的。女傭聽到聲音跑了過來，立刻衝去派出所報案。接著，老師，阿弘就以殺人罪被警方從現場逮捕了。」

博士顯得有些不耐煩。

「浪子，事情我已經明白了，但我希望妳對我說實話。」

「老師，你在說什麼？我講的句句都是實言啊？」

「妳為什麼把原本抱在懷裡的女嬰扔下，自己跑到院子裡？」

「？」

「委託人如果刻意隱瞞，我就是想救也救不了。這種情況我碰過太多次了。」

浪子默不作聲地低下頭。

「妳說妳跑回去，跟阿弘搶女嬰，這謊言未免編得太粗糙了。妳很清楚阿弘會發狂，所以故意留下愛子逃跑，妳敢反駁嗎？」

「老師你誤會了，我是因為太害怕了，一時驚慌失措——」

「我來談談我的想法。妳說女嬰和情婦像是一個模子刻出來的，妳看到她就討厭。當時妳雖然沒有親自下手，心中卻充滿了殺機……」

「天啊，太可怕了——老師，求你別再說了，我不是那種壞女人。」

「妳為何就是不肯坦承？至少對我——只要妳肯信任我，向我說出真相，我發誓絕對不會洩漏出去，我會把祕密帶進棺材，然後竭盡所能保護阿弘，這樣妳才能得救，妳知道嗎？如果妳繼續扭曲事實，捏造對自己有利的故事，請恕我拒絕為阿弘辯護。」他堅定地說道。

原本忿忿不平的浪子終於跪在他腳邊，雙手伏地。

「對不起，是我太蠢了，居然想欺騙老師。老師，我已經向神父告解過真相了，是我殺害了女嬰。她的笑容，她那張臉——造就了這場悲劇。她實在是太像情婦了，恨意不停從我心中湧出，當我的手碰觸到那柔軟如絲綢的脖子時，我完全失去了理智。當我回過神來，女嬰已經死了，正巧阿弘來找我，我只好將愛子藏進壁櫥裡。當時我非常緊張，擔心阿弘是否撞見了一切，於是變得像瘋子一樣，對他謾罵不休。結果他真的生氣，失去意識了，我便趁機把女嬰放在阿弘身旁，讓他誤以為是自己在發作時殺了她。可是，阿弘被警察帶走時，卻在我耳邊低聲說了幾句話：『我是真心同情浪子姊的遭遇，妳實在太可憐了……我願意承擔罪責，請妳不要辜負我這番好意。其實一開始我就在走廊上目睹了一切，今天的我很清醒，沒有失去意識，剛才只是在演戲罷了。浪子姊，妳一定要幸福。』想到他要替我背黑鍋、接受懲罰，我曾一度考慮自首，可是那樣又會違背阿弘的心願，嗚嗚嗚，我到底該怎麼辦才好？」浪子哭倒在地，身子因為痛苦而扭曲。

「我答應妳，剛才的事情我會置若罔聞，永遠忘記它，我也會盡力幫助阿弘。失去意識的人就是精神病患，瘋子的行為本就不可預測嘛……」

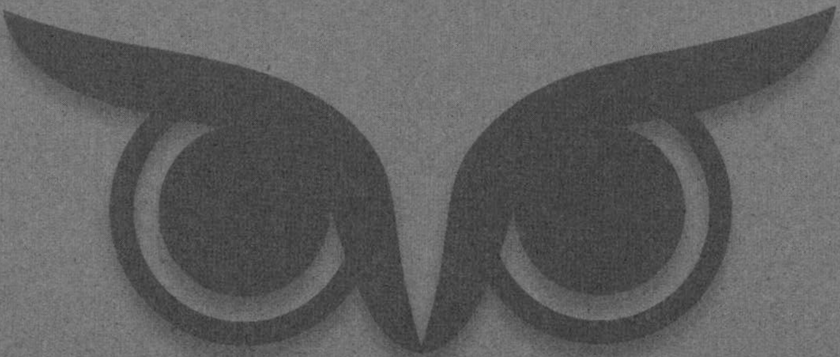

藍色包裹

原本她堅稱自己什麼都不知道，經過嚴格審問後才終於鬆口，坦白曾與吉川起爭執，以及粉紅色緞帶是她的東西。

大猩猩

江川初子從火龍咖啡廳回到公寓時，已經凌晨五點了。

她從手提包掏出房間鑰匙，一打開門，冰冷的晨風迎面撲來，令她有些錯愕。仔細一瞧，面對馬路的窗戶居然是開著的。

出門前明明就有關窗啊……她疑惑地環顧室內，但並未發現可疑的地方。

初子關上窗戶，順手放下百葉窗簾，打算好好睡一覺。可是當她要拉開壁櫥時，卻發現怎麼樣也打不開，難道是被什麼東西卡住了？她用力拉了一下，忽然間砰地一聲巨響，一個大包裹和紅色棉被一起滾了出來。

她吃驚地往後退，定睛一看，那是一個有唐草花紋的藍染大包裹。是誰把這個龐然大物塞進壁櫥裡的？裡面裝著什麼東西？初子的好奇心被勾起了，她輕輕摸了摸包裹，但摸不出什麼端倪，若說這裡面包的是棉被，觸感好像硬了點。

於是她將右眼抵在包裹的空隙，打算一探究竟，豈料……

「啊！」她發出魂飛魄散般的慘叫聲，拔腿衝到走廊，三步併作兩步，最後昏倒在地。

突如其來的尖叫聲驚動了房客，身著睡衣的男男女女紛紛奪門而出，圍到她身旁。

當管理人急忙趕到時，初子已經回過神來了，但她還是驚恐地指著自己的房間，嘴唇不停顫抖，一句話也說不出來。

「發生什麼事了？」管理人追問，但與其說是在問初子，更像是在問周遭的人。

此時，一名與初子感情不錯的舞者拿著芥末籽般的小藥丸，另一手端著杯子走了過來。

「初子，振作一點。來，吞下這顆六神丸，整理一下情緒，告訴大家發生了什麼事。」她說著，把杯子遞到初子嘴邊。

初子咕嚕一聲，喝了口水。

「怎麼樣？好點了嗎？」

她默默點頭，一會兒後大大地喘了一口氣。

「啊，太可怕了！」她脫口而出。

「發生什麼事了？為什麼這麼害怕？」

初子抓住舞者的手，搖搖晃晃地站起來，用沙啞的聲音說道：

「包……包裹裡有奇怪的東西。快，你們快拆開來看看。」

管理人帶領大家一起進入她的房間，屋裡正中央的確擺了一個藍色包裹。

「這不是江川小姐的行李嗎？」

初子猛烈搖頭。

「不是我的！那是別人趁我出門的時候，塞進壁櫥裡的……快點，誰快去看看裡面。」

管理人聞言，率先將眼睛對準空隙。

「啊！」他驚呼一聲。

「裡面有人，裡面有人！天啊，出大事了！」

年輕女孩們一聽全嚇跑了，好奇心重的人則留下來往包裹裡瞧，結果各個臉色刷白。

「有頭，但看不見臉。」

「頭髮被剪了，不曉得是男是女？」

「嗯，看起來像一個美人！」

「不如打開看看吧。」

就在一群人圍繞著包裹吵吵嚷嚷的時候，一位二十七、八歲的青年走了過來，制止眾人。

「不行、不行，不能碰它。在警察來之前，不許碰它——」青年喊道。定睛一看，原來是這裡的房客之一，初子的金主——私家名偵探山本桂一。他剛旅行回來，一進門就遇到這場騷動。

「快找個人去派出所報案。」

一名穿睡衣的學生飛快奔向派出所。

接獲緊急報案後，警視廳立刻派了組長與年輕有為的杉村刑警過去。組長聽完山本桂一的證詞，望向杉村道：

「你去把包裹打開吧。」

藍色包裹的四個角被一根堅固的麻繩牢牢綁住。杉村原本打算用刀子割斷麻繩，卻想到什麼似地停了下來，改成細心檢查繩結，並花了整整十分鐘慢慢解開。包裹裡出現一名渾身是血的男人，他手腳彎曲，趴在地上縮成一團。杉村將他翻過來，赫然發現一把短刀深深沒入胸口。他蜷縮的左手緊握著一條粉紅色緞帶並埋在胸前，彷彿在擁抱它。緞帶長一尺餘，質料為絲綢。

杉村扶著頭，山本抓著腳，兩人合力將屍體抬到紅色友禪染[1]的棉被上。

死者是一名長相非常醜陋的男子，年約二十五、六歲。

「啊！大猩猩——」

初子發出微弱的驚呼聲，接著雙腿一軟，趕緊抓住管理人的手臂。大家的目光全都投向她。

「你認識這個男人嗎？」管理人問道。初子臉色鐵青，害怕地別過頭去，顫抖地回答：

「當然認識，這個男人……綽號叫大猩猩，是飛燕計程車隊的司機，姓吉川。」

飛燕計程車隊的老闆立刻遭到傳喚，他只看一眼便承認死者是吉川。

根據法醫所述，死者是一刀穿心而斃命，已經去世好幾個小時。

屍體將安排解剖，初子以嫌犯的身分被帶回警視廳。山本憂心忡忡地目送她離去，他在心裡發誓，一定要查明案件的真相，還初子清白。

譯註1 日本代表性的染色技法之一，主題大多為季節性的草木、花鳥。

演員江川百合子

初子接受了嚴厲的審訊，但她堅稱自己與吉川司機的謀殺案無關。她激動地說：

「不信的話可以去問山本，他非常了解我的為人，我不是那種會殺人的瘋女人。」她委屈地道。杉村的語氣緩和了一些：

「妳為什麼認識吉川？」

她遲疑了一下，接著說道：

「我妹妹曾經與他短暫同居，但她是逼不得已才和他住一起的。」

「吉川是她丈夫嗎？」

「呃，不，不是丈夫。」

「你妹妹從事什麼工作？也是女公關嗎？」

初子有些得意地說：

「她是演員。」

「演員？叫什麼名字？」

「江川百合子。」

杉村聞言，這才仔細端詳她的臉，確實有點像江川百合子。妹妹百合子已經很漂亮了，姊姊初子身為火龍咖啡廳的頭牌，同樣有張明豔動人的臉龐。

「吉川和百合子是在哪裡認識的？」

「我們一起在橫濱當公關小姐的時候，吉川總會來捧我妹妹的場。那時他還是學生，常常編藉口向父親要錢，然後花錢如流水地討好我妹妹。後來他父親發現，便不再幫他付學費。吉川非常沮喪，有段時間都沒露面，直到他放棄學業，成為計程車司機以後，才又跑來找我們。」

「然後兩人就變成情侶了？」

「怎麼可能？不要開玩笑了——那種其貌不揚的男人，我妹妹才不會喜歡他。」

「但他們還是同居了。」

「那是有不得已的苦衷——何況他們在同一屋簷下也只相處了幾天罷了。」

「什麼苦衷？」

「百合子對自己的容貌很有信心，總是喊著有朝一日要成為演員。吉川得知後，告訴她即便長得漂亮，少了有頭有臉的人物牽線，一樣無法圓明星夢，就算真的成為演員，也只能一輩子跑龍套，永遠紅不起來，但若有大人物牽線，星途就會一路順遂，幸好他有一位伯父在電影公司擔任董事。他便以開玩笑的口吻說，他可以請伯父幫忙，代價是嫁給他。妹妹一心只想成為演員，未經深思就糊里糊塗答應他了。不過，說出來還真是可笑，百合子真的長得很漂亮，身材也很好，即使不靠吉川，她也有本事成為明星。可是，吉川卻以為是他讓百合子圓夢的，他自恃對百合子有恩，便逼她履行承諾。我妹妹本來就很討厭他，所以只待了兩三天便跑了，後來就一直避而不見。

最近百合子遇到了一個很棒的金主，也不知道吉川是如何打聽到的，他氣得火冒三丈，卯起來四處找她。如果只是這樣就罷了，他還放話威脅她，說要寫信給金主，告訴他百合子有一位響噹噹的丈夫叫吉川。」

「金主不知道百合子和吉川的關係嗎？」

「當然不知道，她一直拚命瞞著他——畢竟這麼好的金主可遇不可求，他不僅家世顯赫，出手闊綽，還是個難得的有情人。雖然外界對他有些批評，罵他是紈褲子弟，但他是真心愛百合子的，甚至不顧家人反對，打算正式迎娶百合子為妻。偏偏在那時候，他突然收到吉川的告密信，整日心神不寧。他頻頻追問百合子，強調自己絕對不會生氣，希望百合子據實以告，百合子這才坦白了和吉川的關係。

半信半疑時一切都還好說，然而一旦坐實，心情難免會受到影響。那名金主本來是個開朗的人，突然變得渾身帶刺、疑神疑鬼，百合子一回家就質疑她是否跑去找吉川，百合子說今天有客人來過也酸言酸語地說是否又是吉川？現在他們經常吵架，而吉川也很氣百合子交了金主，昨晚還跑來找我興師問罪。」

初子說完神色一驚，趕緊住嘴。杉村逮住這個機會立刻追問。

「他昨晚去找過妳？大約什麼時候？」

初子對於不小心說漏嘴感到很懊悔，她無奈地回答：

「我記得是十點左右。他說一定是我在挑撥他與百合子，表情充滿了怨恨。不過就算他不恨，原本的長相也很可怕就是了——我被他嚇壞，便躲進店裡去，後來他好像忿忿不平地離開了。」

「吉川有回頭找妳嗎？」

「不，他之後就沒有來店裡了。」

「還是他跑去公寓找妳了？」

「不可能，昨晚我都待在店裡，直到今天早上才回公寓——」

杉村思索了一會兒。

「金主叫什麼名字？」他問道。

「川口讓。」

「川口讓？唔，那位大名鼎鼎川口博士的兒子？」

「對，他父親去年剛過世。他家境富裕，是家中的獨生子，今年剛從商船學校畢業，工作已有著落。他有柔道四段，卻不像練武之人一樣粗獷，不但面容清秀，穿著打扮也很時髦，總是親自開著豪華的私人轎車來火龍咖啡廳。女公關們見到他都很激動，羨慕百合子羨慕得不得了。可是這份良緣卻被吉川破壞了，一想到這，我就好心疼百合子。被那種死纏爛打的蒼蠅纏上，一輩子就完了——」

就在此時，一位刑警走了進來。

「江川百合子昨晚說要出門找姊姊，至今未歸。我們找了一些她可能會去的地方，但都沒有她的行蹤。」

杉村傳喚了川口讓，誰知他生病了，正在築地某間醫院住院，無法應訊。

杉村向醫院打聽，得知他罹患了急性盲腸炎，今天早上剛動過手術，因此謝絕訪客。既然他人在醫院，需要靜養，應該不可能參與這起謀殺案才對……

杉村心想。

美女棄屍

審訊完初子後，杉村再度接獲民眾報案。丸之內某棟大樓北邊，有一輛棄置的車輛，那裡正好是某銀行的出入口。當時正在打掃的清潔工不經意地往車內一瞥，赫然發現有名女子臉色慘白地仰臥在座椅上，她纖細的頸項上纏著純白色的圍巾，嘴唇滲出一縷紅絲般的血痕，染紅了腳墊和座椅，於是他急忙趕到派出所報案。

經過調查，死者是近來當紅的電影女星江川百合子。凶手恐怕是將屍體運到這裡，再連同車輛棄屍。由於不見司機人影，因此司機涉嫌重大。不久後，杉村根據車牌號碼，傳喚了車輛所屬之飛燕計程車隊的老闆，老闆表示這輛車是昨晚換班時，由吉川開出車庫的。

一天之內連續發生兩起謀殺案，令搜查隊猝不及防，儘管已經全力動員各機構緝捕凶手，但除了初子之外，依然找不到其他嫌犯。

杉村心煩意亂地回到警視廳，山本桂一正等著他。

「我剛才見過火龍咖啡廳的女公關美佐子，她說昨晚約十點左右，看到吉川和百合子一起從火龍咖啡廳門口搭上一輛轎車，不知要去哪裡，但如今兩人都死了，我也不認為初子會殺他們。不過我看你似乎在懷疑初子……」

「尚未確定犯人之前，任何人在我眼中都有嫌疑。」

「美佐子好像知道什麼，但她對我避而不談，我猜那應該是對初子不利的證詞，但我不希望被矇在鼓裡——我的原則是徹底查清真相，只要有一點可疑之處，即便初子如我妻子，我也不會手下留情。但我仍然相信初子——」

「如果美佐子的證詞指出是初子痛下殺手的呢？」

「那我會揪出真正的凶手，推翻她的證詞。」

杉村微笑著說：

「那我便傳喚美佐子，立刻調查吧。」

「我就知道你會這麼說，所以把她帶來了。她正在樓下等著，我馬上請她過來。」

不久，山本帶著美佐子步入偵訊室。她年約二十一、二歲，看起來文文靜靜的。山本留她在房裡，自己離開了。

「妳昨晚一直和初子在一起嗎？」

杉村問道。

「對，一直在一起，直到天亮——」

「吉川和初子——是什麼關係？」

「她和大猩猩應該是清白的。」

「那川口呢？」

「川口最早迷戀的其實是姊姊初子。川口是個聰明人，初子卻計高一籌，讓他成了火山孝子，但當他得知初子已經有一位名叫山本的私家偵探金主後，便大發雷霆，認為自己被騙了，一時鬧得不可開交。後來不知怎麼了，川口便與妹妹百合子親近了起來。當然那是初子介紹的，百合子的交際手腕雖不如姊姊，但個性溫柔乖巧，川口很快便愛上她並對初子死心。不過最近，川口得知百合子有個叫吉川的丈夫，便時常與她起爭執。」

「川口除了責怪百合子，有沒有對介紹他們認識的初子說什麼？」

「何止說什麼，簡直是鬧翻了。他之前還醉醺醺地跑來店裡，把初子罵得狗血淋頭，說她是什麼毒婦、賤人——」

「初子的反應呢？」

「她避而不見。不過初子很會安撫人，她肯定能處理好的。」

「聽說吉川也很生氣？」

「嗯，他氣炸了，昨晚還和初子大吵一架——」

「什麼？大吵一架？在哪裡？」

「在店裡。」

「妳當時在場嗎？」杉村緊追不捨。

「麻煩妳將兩人為何爭吵一五一十告訴我。仔細想想，不要說錯。」

美佐子低下頭，思考了一會兒，然後緩緩開口。

火龍咖啡廳

初子的歡聲笑語充斥著包廂，美佐子帶了幾名服務生去向她的客人打招呼。

此時，一位名叫夢丸的服務生長袖翩翩地走來，將嘴唇貼在初子耳邊，悄悄說了些什麼。初子立刻皺起眉頭，咋了下舌頭，猛烈地搖搖頭。夢丸明白意思後退了出去，但不久又走進來。

「大姐，他不聽話，死都不肯回去。妳就跟我出去一趟吧？」夢丸央求道。

初子一聽，腹火中燒——

「那隻臭猩猩，管他死活——只要不理他，他就會自己滾蛋了。」她尖聲喊道。

「妳講話未免太難聽了，真掃興，我要回去了。」客人不悅地起身，快步朝門口離去，眾人都勸阻不住。初子已經喝得爛醉了，她踉踉蹌蹌地追在後面，突然看到吉川站在門口。

「你是來砸我場子的嗎？我對你沒什麼好說的。」初子突然嗆他。

「妳對我無話可說，我倒是有話要對妳說。」

「死纏爛打的男人，有事的話去廚房等我，堵在門口多難看！」

美佐子看不下去，便帶吉川到了三樓的更衣間。

「我會把初子帶過來的，你在這裡等會兒。」她說完，在他面前放了火柴和菸灰缸，接著回到初子那裡催促她：「妳快去見見他吧，早點讓他回去，萬一他惱羞成怒，對妳也沒好處。」隨後硬是把她推進了更衣間。

「你挑我最忙的時候跑來，有何貴幹？」

吉川不發一語，臉色鐵青，凶狠地瞪著初子。

「百合子躲到哪裡去了？」

「我怎麼會知道——」

「快說，百合子到底在哪裡？」

「不知道的事情，要說個屁？」

「妳！」

「少嚇唬我了，我才不怕。吉川你就是太像蒼蠅了，百合子才會討厭你，跑得遠遠的。」

「不可能，是妳把她藏起來的，是妳——」

他強忍著襲上心頭的悲痛，雙眼發紅地說：

「是妳對我們挑撥離間。」他咬緊嘴唇。

「不是我挑撥離間，是她本來就討厭你。她就是不想見到你才會躲起來，你連這點道理都想不明白，未免太不自量力了吧。」

吉川突然站起來，用力敲了下菸灰缸。

「喂，你做什麼！當我是女人好欺負嗎？還不快滾，這就是為什麼你沒女人緣，更何況——呵呵呵。」

初子特意抬頭打量他的臉，放聲大笑。吉川咬緊牙根，怒吼道：

「給我走著瞧！」

「瞧個屁！」

她將菸蒂扔到他臉上，起身正要下樓梯時，吉川追了上來，一把揪住她的領子。

「你煩不煩啊！到底要鬧什麼程度！我既然叫你滾，你就快滾啊，你這隻大猩猩，根本不配來這裡。」

「去妳的臭婆娘！」

吉川狠狠揍了初子的臉，一連好幾拳。她撲上去抱住他的身體，發出淒厲的尖叫聲：

「殺人啊！殺人啊！」

美佐子一聽嚇壞了。

「糟糕——快來人啊——」噠噠噠的腳步聲沿著後面的樓梯響起，吉川聽到後一把推開初子，飛奔下樓，逃到外面。初子像發瘋一樣大喊：

「美佐子，快——抓住那頭大猩猩！」美佐子一聽，朝著吉川追了過去。跑到路上時，吉川突然撞見了百合子。

「妳、是妳——」他喊道，直直朝她奔去。也不知道是高興還是錯愕，這突如其來的相遇令百合子僵在原地好一陣子，一會兒後，她才勉強從喉嚨擠出一句話。

「好久不見了。」她微笑著說。光是這麼一句話，就令他高興得飄飄然。

「妳要去哪裡？」他急忙問道。百合子吞吞吐吐地回答：

「找姊姊，有點急事——」她向美佐子眨眨眼，希望她能救她。美佐子怕吉川會對百合子不利，想去叫初子，但又擔心自己一離開，百合子會孤立無援，就在她進退兩難的時候，吉川冷冷地瞪了她一眼道：

「美佐子，妳敢礙事，小心吃不完兜著走。」美佐子一聽，嚇得渾身僵硬。

「百合子，我有話想對妳說，妳陪我去走走好嗎？」

「可、可以等我先找完姊姊，再跟你去嗎？」

「不行、不行，我趕時間。」

吉田將心不甘情不願的百合子強行拉走。美佐子目睹這一切，卻無力阻止。

「警察先生，我知道的事情就這麼多了。」

「百合子後來沒有回去找姊姊嗎？」

「沒有。初子等她等了很久，我怕初子會怪罪我，所以沒有告訴她百合子被吉川帶走了。」

這場死前的爭執，令初子的處境更加不利。原本她堅稱自己什麼都不知道，經過嚴格審問後才終於鬆口，坦白曾與吉川起爭執，以及粉紅色緞帶是她的東西。她說那是她綁在頭上的緞帶，因為扭打時勾住吉川的袖扣才鬆脫的。但他為什麼直到死前都緊握著緞帶不放？這會不會有什麼含意？還是說，他和初子之間有著不可告人的祕密，所以她才會不惜破壞他與妹妹的關係？杉村對初子的疑問愈來愈深了。

是誰殺害了百合子？還是說——杉村突然靈機一動，急忙起身拿了帽子，便匆匆離去。

水手結

兩小時後，杉村神采奕奕地回來了。

組長見到他的表情，迫不及待地詢問：

「怎麼樣？你找到什麼線索了嗎？」

「謎底終於解開了。」他笑著說。

組長瞪大雙眼。

「什麼？謎底解開了？你找到凶手了？」

「找到了，殺害百合子的人是吉川。」

「那是誰殺了吉川？」

「他自己。吉川一案不是他殺，而是自殺。」

「初子只負責裹屍體嗎？」

「不，那也是他自己做的。」

「但他要怎麼把自己包起來，再從外面綁緊？」

「靠水手結就行了，只要略懂繩結的人都能做到。我剛才得知他當過水手，所以這個謎已經完全解開了。接下來是我的推理，請您聽聽看。吉川離開火龍咖啡廳的時候，偶然遇見百合子，將她強行拖進車裡，不斷央求和好，卻被拒絕了。吉川百般懇求仍然行不通，遭百合子冷酷回絕，於是他勃然大怒，妒火、恨意與全身沸騰的血液同時湧入腦袋，令他失去理智朝她撲了過去，用力勒緊她纖細的脖子。當他回過神時，百合子已經癱軟在他懷裡，他茫然地凝視她死去的臉龐，心想這下她終於完全屬於我了，心中油生一股難以言喻的喜悅。吉川原本想當場隨百合子而去，但又認為會落到這步田地，全是初子的錯，腦中於是閃過一個念頭——那個賤女人，我死也要報復她。人貴有自知之明，他竟然沒發現自己遭人厭惡到什麼程度，不過對他而言這可能是一件幸事吧。於是他幾經思考後，決定在初子的房間自殺並偽裝成他殺，故意陷害初子，因此他直到斷氣都緊握著粉紅色的緞帶。」

杉村說完，拿了緞帶、麻繩和布過來。

「我來示範怎麼打水手結。」

他攤開藍色的布，坐在正中間，將緞帶繫在麻繩的一端，再用麻繩把布的四個角落綁在一起，然後抓住緞帶整個人藏進包裹內。他從裡面用力拉扯緞帶，每拉一次麻繩就越緊，最後他用力一扯，繩索終於牢牢綁死，緞帶也隨之脫落，握在他手中。

「進是進去了，但出不來，幫我把麻繩割斷吧。」

組長用刀子割斷繩索，杉村整理了亂蓬蓬的頭髮。

「吉川是在包裹裡捅心自殺的。」

「但如果要報復姊姊，偽裝成和妹妹殉情應該更合理吧？更何況——將心愛的女人丟在車子裡，自己跑去初子的房間，不覺得有點蹊蹺嗎？」

「應該是汽油用完了，只好把她留在車裡。」話才說完，後面的門便開了，一位刑警走了進來，向組長匯報解剖結果。

「吉川和百合子的胃裡有相同物質殘留，從消化情況看，是吉川先死亡。」

這句話完全顛覆了杉村的推理。刑警繼續說道：

「還有一項重大發現，我們從吉川口中取出了一團小肉塊，肉塊上有皮膚，還有指紋——應該是手指頭的指紋。」

小指頭

就在此時，杉村的部下匆匆忙忙進來了。杉村一直在等川口麻醉醒來，打算好好審訊他，因此早已安排部下到築地的醫院等候。

「杉村，川口一直沒從麻醉中醒來，他陷入了昏迷，情況相當危險。醫護人員都很焦急，家屬們也都趕過去，擠滿了病房。」

杉村吃驚地從椅子上跳起來，向組長點頭示意。

「我去看看狀況。」他說完正準備離開審訊室，山本桂一便現身了。

「川口剛剛嚥下了最後一口氣。杉村，這下案件也水落石出了。」山本胸有成竹地看著兩人，繼續說：

「因為掌握謎底的關鍵人物，正是川口。」

組長和杉村面面相覷，保持沉默。山本繼續說道：

「杉村，川口是今天清晨才住院的。」

「咦，你說什麼？」

杉村吃驚地問道。他確實打電話詢問過醫院，得知川口已住院，而且才剛動完手術，謝絕訪客，但他卻忘了問清楚是何日住院的，他怎會犯下如此滔天大錯呢？

「川口今年春天也曾因盲腸炎住院，那時他便拜託院長，如果再發作請立即為他動手術。因此當他緊急住院，院方也不疑有他，立刻安排他進手術室。不過當時院長還沒來，便由一位年輕外科醫生代為執刀。」

「聽說院長和已故的川口博士交情斐淺，或許因為那是好友的兒子，院長才破例通融吧。」杉村說道。

「然而正是這交情匪淺的通融，害死了好友的獨子川口讓。」

「不要賣關子了，說清楚一點。」組長焦急地催促道。

「簡單來說，川口的盲腸炎是假的，他謊報病情，騙醫生動了手術，自己則在趕往醫院之前吞下大量安眠藥。醫生在不知情的狀況下為他施打了手術麻醉劑，光是這樣已經非常危險了，何況還動了開腹手術。換句話說，川口是自殺的，而地點就選在醫院。」

「他為什麼要自殺？」

「川口留給院長的遺書中，寫明了來龍去脈。他對於在醫院自殺一事感到非常愧疚，自知不該傷害從小疼愛他的院長及院長的醫院，但他實在走投無路了，決定向院長坦白一切並謝罪。原本院長打算按照川口的遺願，將遺書焚毀，但他對我說，若此事只告知警方而不讓外界知曉，讓祕密永遠是祕密，他願意讓我看遺書。我已經讀過遺書，請容我陳述大致的內容。」

他看著抄錄在筆記本上的文字，接著說：

「川口自從得知百合子和吉川過去的關係後，整日鬱鬱寡歡。昨天他心情糟透了，原本打算去火龍咖啡廳解悶，到附近時正好撞見百合子和吉川狀似親密地迎面走來。」

「目前為止都跟女公關美佐子的證詞對得上。」杉村說道。

「兩人見到川口顯得十分尷尬，川口熱情地邀他們兜風，但吉川不肯。直到他改口說要請客吃點東西，三人才前往餐廳，用過飯，喝了啤酒，兩個飽受情傷所苦的男人都喝得爛醉如泥。離開餐廳後，百合子說想走走，三人便一起上了車。吉川負責駕駛，一路瘋狂飆車，車身劇烈搖晃，非常危險。川口罵他亂開車，要他立刻停下，這一罵成了導火線，雙方爭執不休，最終演變成可怕的械鬥。吉川拔出短刀向川口揮去，但對於身強力壯、擁有柔道四段的川口而言，吉川根本不是對手。短刀瞬間被奪走，隨後沒入他的心臟。吉川痛苦地咬了川口一口，正好咬斷他的小指頭。解剖時，那截小指頭便從吉川口中掉了出來。」

「那是川口的指頭沒錯吧？」

「是左手的小指腹。醫生告訴我，川口是忍受不了急性盲腸炎的痛苦，才咬斷了指頭……」說完，他將話題導了回去。

「眼前的景象太過駭人，百合子因此暈了過去。二、三十分後當她睜開雙眼，吉川已經死了。見到這一幕，她突然悲從中來，抱著屍體哭了起來。川口面色凝重地望著她，心想她果然愛著吉川，我被騙了……濃烈的恨意湧上心頭，眼前頓時一片黑暗，他還來不及思考便衝向百合子，勒緊她的脖子。看著她癱軟在懷裡，他心中沒有一絲同情，誰叫這女人背叛了他！川口憤怒地盯著她美麗的遺容，覺得百合子固然可恨，但初子一而再、再而三欺騙他，更是罪該萬死。川口握住方向盤，開著裝了兩具屍體的車，在夜晚的街道上徘徊。就在此時，不知哪裡傳來了凌晨兩點的鐘聲。」

「也就是說，距離三人在火龍咖啡廳前會合，已經過了三個小時左右。」杉村道。

「確切來說，是三個小時又幾十分鐘。」

「沒錯。」山本點點頭。

「之後，川口開始思考如何處理屍體。他腦中閃過一個念頭——把吉川扔到初子的房間，布置成是初子殺了吉川，就算只能讓初子揹一會兒黑鍋也好，反正一切都她是罪有應得。這真是個妙計，太棒了，一想到能惡整初子，川口就感到非常痛快。於是，他駕車前往公寓，強壯的他背著吉川，從初子忘記上鎖的窗戶進入房間。為了避免自己受到懷疑，偽裝成自殺比維持他殺更好，於是川口用布裹住吉川的屍體，打上吉川也會的水手結，把粉紅色緞帶故意塞進吉川手中，製造出吉川曾用粉紅色緞帶綁水手結的假象。

現在換百合子的屍體了，他一面開車，一面思考該運到哪裡，然而汽油卻在途中用光了，逼不得已只好在丸之內連同汽車棄屍。

他已殺了兩個人，自然不打算苟活，但又認為不能白白自殺而玷污了家族的名譽，幾經思考後，他想出了一個妙計，一個自認為天衣無縫的妙計——假裝罹患盲腸炎，接受手術藉此了結自己的生命。於是他事先吞下大量的安眠藥並住院，醫生當然不會料到他已經吞下安眠藥，便為他注射麻醉劑並動了手術。川口的這個計劃非常成功，他也順利在睡夢中離世。然而此番布局雖然縝密，卻遺漏了一個關鍵，那就是留在死者口中的小指頭。」

蜈蚣的腳步聲

從那日起他便經常來找我，頻頻舉行鎮魂儀式。可惜他的雜念太多，別說鎮魂了，憂愁反倒日益加深，因此就連我都束手無策。

1

從福知山轉乘、搭上前往三田的列車時，夕暮已經籠罩了整個火車車廂。

接獲園部新生寺的住持——已故丈夫伯父猝死的電報後，我立刻從東京趕來，緊接著是一連三天的守夜和葬禮，這段期間我根本無暇闔眼。身旁都是夫家的親戚及舊識，令我十分不自在，雖然只過了幾天，已是筋疲力盡。上了回程列車後，我終於獲得了獨處的機會，整個人放鬆下來，或許是因為如此，睡意也隨之席捲而來。

列車經過一個小車站時，車廂的震動令我猛然驚醒。我發現對面座位上不知何時坐著一位身著晨禮服的長髮紳士，一想到被他看到我打瞌睡，就覺得很不好意思，因為他對我來說並不完全是個陌生人。至新生寺奔喪期間，我們幾乎每天都會見到面，儘管沒有特別自我介紹，但我們已會默默地互相行禮。他是大名鼎鼎的天光教總務，也是名聞遐邇的學者。我不知道這位像神父一樣的人，與擔任法師的伯父生前有著什麼樣的交情，但我聽聞伯父的自殺十分蹊蹺，離世地點竟然在天光教的後書院，因此伯父那邊的人都對他極為反感，就連不太清楚詳細情況的我，也對他感到排斥。

「新生寺住持是被天光教害死的。」

「如果沒有踏進天光教的地盤，就不會發生這種醜事了——」

「不對，他不是自己進去的，而是被拖進去的。」

「聽說他們會施魔法，所以真正的死因可能不是自殺，總之謎團重重。」

聽著這些有時像是故意說給人聽的閒言碎語，他若無其事地出席了告別式，還在撿骨儀式上拍手合掌、獻上悼詞。也許伯父的死是個謎團，但在我眼前的他同樣也是個謎團。

我正襟危坐，打算向他打招呼，他卻主動向我行禮，笑咪咪地說道：

「妳一定累壞了吧。」

短短的一句話便道盡了他的善解人意，顯然他很明白我的處境，而且也深感同情，這令我覺得十分安慰。仔細觀察，他的神情和態度無不流露著善意，我對他的排斥也轉為好感。

他將讀到一半的報紙攤開，放在膝蓋上。我不經意地瞥了一眼，那是四、五天前的地方報紙，上面誇張地寫著有關伯父的報導。

「新生寺住持突然失蹤，於天光教後書院切腹自裁……」

我瞄了報導一眼。

新生寺住持跑去競爭同行天光教，還死在那裡，引發了軒然大波，畢竟過世地方實在太離奇了。如果是在本堂自殺，或許大眾的反應還不至於那麼激烈。

「撥念珠的手沾染股票失利、欠下百萬圓債務，走投無路下自殺……」

報紙上如此報導。

「新生寺住持是妳伯父嗎？」

他突然開口。大家都稱這個人為「老師」，所以我也決定叫他「老師」。

「不，他是我亡夫的伯父。」

「他走得突然——妳一定嚇到了吧？」

「他平常很少和我們聯絡——」

「新生寺住持倒是經常提起住在東京的親戚，還講了很多有關尊夫和妳的事。」

我感到有些慚愧。

「如果伯父是因病去世，那也沒辦法——但他卻選擇了那樣的死法，不僅對不起社會大眾，也令宗族難堪，更何況他還肩負著整間寺院——」

「勸人想開的人自己卻想不開，令人不勝唏噓。」

「伯父從未有過精神疾病，可是大家都說他是一時發狂——」

「畢竟——那樣說最妥當，否則若說是他殺，事情會更加無法收拾。」

「咦？他殺？」

「不排除他殺的可能性——」

「天啊！凶手是誰？」我屏住氣息。

他悠悠地道：

「非人。」

「非人？那到底是什麼？」

他瞄了瞄我目瞪口呆的臉，平靜地回答：

「沒有形體，就像一道看不見的影子，或者——也可以稱之為幻影。」

「咦？幻影——」

被幻影殺死未免太可笑了，這種荒謬的事情怎麼可能發生呢？我忍住笑意，觀察他的表情，他的神色十分嚴肅，於是我斂起笑意。

「這太離奇了——我不相信世上會發生這種事。」我說道。

老師的嘴角揚起一抹意味深長的微笑，沉默不語。

車廂內的乘客只有我和老師，以及四、五名男女，他們各自坐在不同角落，令車內的氣氛顯得有些孤寂。

2

好像下雨了，窗玻璃變得一片朦朧。我以指尖擦拭玻璃上的霧氣，望向窗外，火車在黑暗中疾駛，不知開到了何方。也許軌道不平穩，也許車子故障了，列車哐啷哐啷地晃得厲害，每次搖晃時，老師肩頭垂下的長髮也搖擺起來，我凝視著眼前的景象，感覺每一根頭髮彷彿都有生命才隨之起舞。老師那雙小而犀利的眼睛閃爍著明亮的光芒，他肯定早就看穿了我的心思，知道我聽他說話時內心嗤之以鼻，但他還是裝作若無其事，一想到這兒，我就覺得有些尷尬。

突然間，老師閃亮的眼眸中掠過一絲笑意，他輕輕咳嗽了一聲，悠悠地道：

「看來妳對新生寺住持一無所知——只認識表面上的他。」

「是啊，我的確與伯父不熟，只聽說他年輕時投資股票失利，將繼承的財產全部賠光了，之後一失蹤就長達十幾年，給親戚們添了很多麻煩，等到再次現身時，已經成為園部新生寺的住持了。伯父過去的為人我並不清楚，但至少我認識他的時候，他是位和藹可親的老師父，不像是會投機取巧的人。可是也不知道為什麼，丈夫並不喜歡伯父，不太與他聯繫，也很少提及他的事。」

「表面上正如妳所說，至於其他的……恐怕就鮮為人知了。不過，新生寺住持曾向我提及心事，並多次找我商量，他有一件非常煩心的事，為此不斷與我訴苦，因此我能猜到他為何身亡。我一直很擔心他，也想方設法要救他，可惜在我幫上忙之前，憾事已經鑄成——實在令人遺憾。」

「為何要玩股票呢？那種東西一沾就會上癮、無法自拔，伯父最後甚至賠上了一條命——」

「他的問題可不只是玩股票。」

老師說著抿緊嘴唇，捻起下巴的鬍子。有關伯父之死，我想他一定掌握了什麼不為人知的祕密。

「如果您知道些什麼，可以告訴我嗎？我們都以為伯父是欠債才自殺，如果另有隱情，請務必告訴我。」

「嗯，不過——新生寺住持一直很害怕這個祕密被旁人知曉，所以妳一定要保守祕密。」

他正色叮囑之後，開始娓娓道來。

3

「那是我離開東京，擔任園部天光教總務大約半年後的事。有一天，新生寺住持忽然登門造訪——之前我們雖然在公眾場合上見過幾次面，卻從來沒有像那晚一樣，敞開心扉好好聊過。

那時候的我充滿抱負，一心想將天光教塑造成理想而偉大的宗教，新生寺住持則對現在空洞的教義感到失望，暗地裡想發起宗教大改革。我倆一拍即合，牢牢握手發誓將來要互相幫助，自那以後，就成了故舊般的知己。

我們高談闊論、相得甚歡，然而離別後不久，新生寺住持投資股票失利、積欠大筆債務的消息便傳入了我耳中。

某天傍晚，新生寺住持一身便衣，穿著白衣與黑色短袍來到了我的住處。

我一見到他，就知道他心中藏有莫大的苦楚。我猜他可能有要事相商，便特意帶他到少有人出入的後書院。他先是謝過我的一番好意，然後親自拉上銀屏，防止遭人竊聽，接著在寬敞的房裡靠著壁龕，與我面對面坐下，此時他突然露出苦笑。

『這樣太正襟危坐了，好像在衙門審問一樣，反而不好說話。』我只好調整位置，將坐墊挪到簷廊上，兩人倚著欄杆屈膝而坐，氣氛頓時輕鬆許多。欄杆下有一座池塘，四周萬籟俱寂，連鯉魚偶爾躍出水面的聲響都會令人嚇一跳。

就在那裡，他告訴了我一則曲折離奇的故事。

『不瞞你說，我正因為夢境所苦，那是個很奇怪的夢，每晚都出現在我腦海，我已經苦不堪言，快要被逼瘋了。你知道如何封印夢境嗎？我此次前來，就是想拜託你救救我，讓我從這種痛苦中解脫。』

我觀察他，他的臉上毫無生氣，不僅眼瞼下垂，鼻翼到眼角之間也刻著深深的皺紋，而且面色鐵青，顯得憔悴不堪。

妳可能會很納悶，新生寺住持為何跑來找我求助吧？那是因為他記得我倆相談甚歡時，我曾提過消除內心的煩惱是天光教的宗旨。當時他便聽得入神，還提出各種疑問，我也解釋了有哪些方法可以根除煩惱。這件事令我印象深刻，因此當他來找我傾訴時，我一點也不驚訝。宗教信仰不同並未侷限我們的思考，但只說因夢境所苦就要我幫他，也令我有些為難，畢竟太模稜兩可了。

『你說的封印夢境，是指不要作夢嗎？』

『對。』

『你究竟夢到了什麼？』

『這個嘛——那是一個令人不寒而慄的夢，而且每晚的內容都一樣，醒來後頭腦會昏沉好一陣子，一股難以言喻、毛骨悚然的感覺揮之不去。我心想一直睡不熟也不是辦法，便在白天劇烈運動，讓自己累得筋疲力盡再就寢，可是並不管用。我也試過一連熬夜幾天把自己累壞，看看能否一覺到天亮，但是依然會做相同的夢。我還試過喝得酩酊大醉，仍然行不通。反而當我訂定計畫、有意避免作夢時，夢境就會更加清晰。說起來你或許會覺得很可笑，我的腦袋裡就像多了一團肉，那團肉擁有自我意識，彷彿一台放映機，趁我入睡之後將畫軸慢慢展開來播放給我看，令我心裡發毛……如果真的有這麼一團肉，我一定要動手術將它連根挖除，不，光是挖除還不夠，我要將那團肉大卸八塊，誰叫它如此可恨、如此折磨我——最近只要太陽一下山，我就會心神不寧，因為夜晚太可怕了。你想想看，每晚重複做同樣的夢，光是這樣就足以把人逼瘋，更何況我做的夢，那簡直是——』

『人有時本來就會做一樣的夢，不過你還是先把夢境內容告訴我吧——』

『我會據實以告，求求你讓我擺脫這個夢的折磨。不過，內容請你務必保密──』

『沒問題，我向來守口如瓶……不，是如保險箱，未經你允許是不會輕易打開的。』

『那就請你聽聽我的夢吧。這個夢發生在一座深山裡，一對男女六部[1]因為筋疲力竭，倒在險峻的懸崖邊休息。他們頭上布滿了老樹枝椏，四周黯淡無光，一片寂靜，連蜈蚣窸窸窣窣的腳步聲都聽得一清二楚，底下遠遠傳來悠悠的流水聲。從景色來看地點應該是在能勢的妙見山，兩人揹著千手觀音像，新月從樹梢間照亮觀世音菩薩，令祂發出神聖的光芒。女子比男子年長許多，相貌醜陋，還有嚴重的斜視，但她的眼神卻非常嫵媚，身形也婀娜多姿，散發出成熟迷人的風韻。男子則有著一張白皙清秀的圓臉。

譯註1　日本佛教中的朝聖修行者，朝聖時會將親手謄寫的六十六份法華經，送至六十六個靈驗地點供奉，簡稱六部。

兩人起身後，原本還好好地走在山路上，突然就因為沒有牽手而爭吵起來，吵著吵著開始胡鬧調情，接著不知道是怎麼了，女子突然發瘋似地顫抖、怒吼，斷斷續續地講了一些話，大意是女子受男子帥氣的外表所誘，拋棄了丈夫和可愛的孩子與他私奔。她毫不保留地付出真心，俊俏的年輕男子卻不斷拈花惹草，踐踏了她的心。

千手觀音像背面有一張照片，照片上是一個嬰兒穿著滿月到神社參拜的華服，這是她到某戶人家布施時所收到的，孩子的父母大概是希望身體虛弱的寶寶可以健康長大，便藉此向千手觀音祈福吧。然而，由於嬰兒長得太像被女子拋棄的孩子，導致女子離開村莊後一直悶悶不樂。

此時男子又嘻皮笑臉地提到了另外一個女人的事，夢中的情節可能不太符合邏輯，總之那女子變得像夜叉一樣怒不可遏，突然襲擊男子，雙手使勁掐住他的脖子。

男子大吃一驚，瞬間與女子扭打起來。

直到女子的身體突然變重、癱軟在他懷裡，他才回過神來。她斜視的眼睛睜得老大，一張醜臉狠狠地瞪著他。他先是將她緊抱在懷裡，隨後嚇得渾身發抖，索性把心一横，將屍體扔進了腳下的谷底。

為千手觀音戴上的紅色頭巾、錦囊與圍兜紛紛散落，卡在樹枝上的寶寶照片最終也隨風而逝。

男子將臉埋入雙手中，茫然了許久許久，他一動也不動，僵硬得彷彿一塊石頭。原本他打算追隨女子而去，但是當他抓住樹枝、俯身往下看時，赫然驚見女子正睜著一雙死不瞑目的斜眼，朝上瞪著他。

他尖叫著跳了起來，在狹窄崎嶇的山路上連滾帶爬，消失了蹤影。這就是我每天晚上都會做的夢。』

4

我閉目聆聽，等新生寺住持講完故事後，說道：

『你必須先安撫女子的冤魂。她與你素昧平生，卻每晚出現在你夢中，代表她希望你能幫助她──』

『其實──我也猜到是這樣，所以每天都為她誦經。我聽說天光教常處理這類事件，再加上之前你提過，很多人都有被毫無瓜葛的靈體騷擾、詛咒的經驗，我想我一定是招惹了肉眼看不見的鬼魂，所以才急著上門向你求助。你能否讓我別再做這個夢呢？』

『這很簡單，但是──』

我遲疑了一下，望著他的臉。新生寺住持的臉上寫滿了期待，熱切地盼望我伸出援手。

『如果是我，我會先讓那個女鬼附在某人的身上，也就是說，必須有人出借身體供女鬼使用，讓她可以開口說話、傳達自己的願望。這是最快的解決方法，只要按照女鬼的心願去做，你的惡夢就會結束。不過——我總隱隱約約覺得你不想用這種方法，對嗎？』

『如果我願意，真的可以輕鬆解決嗎？只要能夠不再做那個夢，我願意做任何事情——』

『那是當然，我建議你也順便調查一下那個犯下謀殺罪逃逸的卑劣小子，查出他的下落。聽說能勢的妙見山有很多人從後院出去後就迷路失蹤了，如今既然知道當中有殺人犯，調查清楚對妙見山而言也是一件好事。』我說完以後，新生寺住持將雙手放在膝上沉思片刻，抬起頭偷偷瞥了我一眼，隨後又馬上低下頭，語氣凝重地道：

『謝謝你，請讓我好好想想。雖然這麼做有點便宜行事，但就像我們會誦經超度亡魂一樣，不曉得你們有沒有類似的方法？例如禱告、祈福之類的，可以拜託你用這些方法幫幫我嗎？』

我已經明白新生寺住持的想法了，他並非真的希望我替女鬼禱告，畢竟他若只需要禱告，大可不必特地來找我，他只是被我提出的方法嚇壞了，換作我是他，大概也不會希望女鬼附在別人身上與自己交談。新生寺住持真正的訴求是不借助他人的身體，靠自己解決，可以的話，能與女鬼親自談判最好，因此他才來求助我的力量，要我告訴他該怎麼做。

鬼魂是不會隨便附在人身上的，靈力特別強的人則另當別論。但他現在的情況已經進退維谷、終日寢食難安，因此無論可不可行，我都決定告訴他鎮魂的方法。這其實是一種精神統一法，只是難度極高，一旦達到深度統一，便能自行召喚女鬼，與她私下談判，甚至是安撫她、助她破除迷障。但要達到那種境界需要長時間的努力，過程非常艱辛，我不確定他能否通過難關，何況這件事本身也很危險——

從那日起他便經常來找我，頻頻舉行鎮魂儀式。可惜他的雜念太多，別說鎮魂了，憂愁反倒日益加深，因此就連我都束手無策。

『還會作夢嗎？』

『一切如常。』

新生寺住持回答道，乾枯的臉上露出一抹淒涼的微笑。

我曾經緩緩吹奏名叫靈笛的石笛，試圖安撫他的靈魂，結果他突然淚如泉湧，哭著離開了。那時候的他已經完全變了一個人，不僅多愁善感，還動不動就落淚。

他因為投資股票失利，背負了一百萬元的債務，還不出錢固然是他自殺的主因之一，但我相信惡夢的折磨才是更大的原因。

重建本堂需要錢，發起宗教改革也需要錢，否則無法如願推行。他不願依賴檀家[2]捐獻，而是打算靠自己的力量籌錢，才選擇主動投資股票。

一連串的投資失敗導致他欠下高利貸，他又長期受惡夢折磨，結果某天的報

譯註2 對寺院布施的俗家，即施主，每座寺院都有屬於自己的檀家。

紙上，便出現了新生寺住職失蹤的報導。

我心裡有種不好的預感，默默祈禱他能夠平安無事。

不久後，天光教的管家跑來找我，說他看了報紙，然後滿臉疑惑地道：

『報紙上說新生寺住持前天失蹤了，可是他還待在後書院啊——』

『他在那裡待了兩天嗎？』

此事令我大吃一驚。

新生寺住持出入天光教一事本來不需要保密，但他總是說一旦被檀家知道會惹來爭議，為了省下彼此的麻煩，不如事先避免無謂的口舌之爭，為此我也特別提醒過管家與其他人，不得洩漏消息。再加上新生寺住持平常並不會逗留太久，每次鎮魂結束便立刻告辭，因此我也直接離開了後書院，未曾留意他是否仍坐在裡面，如果隔天一到看到他坐在那兒，也只會以為他是剛剛才到的。後書院位於建築最裡面，除非有特殊情況，否則不會有人接近那裡，導致無人發現新生寺住持在裡頭待了兩天。這聽起來很愚蠢，卻是事實。

我拿起報紙匆匆趕到後書院，拉開紙門，一看到他，頓時放下了心中的大石。

新生寺住持閉著眼睛端坐在那裡，彷彿根本沒注意到我破門而入——

『你快點回去吧，檀家的人都很擔心。』

但他只是瞥了一眼報紙，連眉毛都動也沒動，平靜地說：

『我想待到日落以後——請讓我再獨處一會兒，畢竟上報太丟人了，我不想白天回去，還是等到夜深人靜時再悄悄回寺院吧。』

無奈之下，我只好任由他獨處——

過了大約一個小時，管家臉色蒼白地闖進我的房間。

『老師，大事不好了，新生寺住持切腹了。』

『什麼？切腹？』

『快、快趕過去——』

我錯愕地飛奔進後書院。

苦悶的呻吟聲傳到了門外，在管家的帶領下，我從擋住住持的屏風邊緣一看，不禁別過臉去。

他身上的白衣被染得通紅，左手伏在榻榻米上，右手握著一條像細繩的東西。那隻手血淋淋的一片，仔細一看，我以為的繩子原來是腸子，一把沾滿鮮血的匕首被扔在一旁。

新生寺住持看到我的臉，默默地揚起嘴角，似乎想笑，但表情看起來更像在哭。他的眼皮發黑，皮膚的顏色變得像石頭地藏，呼吸時鼻翼不停抽動。緊咬的牙關漏出的呻吟聲，令四周陷入了愁雲慘霧裡。

他痛苦的呻吟持續了一整天。

包含管家在內的男丁，全都慌張地守在隔壁房。

事到如今已經不能再保密了，我派人立刻通知寺廟，檀家的主要成員也陸續趕了過來。

我幾度繞進屏風裡，但他只是微微動了一下混濁的眼睛，沒有力氣說話。

呻吟聲愈來愈微弱、愈來愈低沉，力量逐漸消逝，最終油盡燈枯。此時燈光已經點亮好一陣子了。

『這是臨終了。』

醫生宣布以後，我帶領從新生寺趕來的人，以及檀家的主要成員聚集在後書院。

屏風移了開來，大家都圍繞著他，準備與他道別。

新生寺住持雙眼緊閉，身體一動也不動，啜泣聲從四面八方傳來。我觀察著他痛苦的面容，想確認他是否已經斷氣，突然間不知從哪裡冒出一條巨大的蜈蚣，窸窸窣窣地爬過榻榻米，往簷廊逃去。坐在附近的一名女子嚇得跳了起來。

『哇啊，有蜈蚣——』

女子放聲尖叫，或許是叫聲傳進了耳中，新生寺住持突然起身，雙手合十，以明亮、清澈的嗓音詠唱起朝聖歌。

昔日依至親，褪下修行衣，行至美濃國，奉納於谷汲。

所有人都目瞪口呆，卻又不由自主地陶醉在那銀鈴般的美妙歌聲中。但我深知他的嗓音渾厚低沉，與這歌聲截然不同，因此感到非常不可思議。

新生寺住持唱完歌後凝視著天花板，高興地笑了起來，聲音清脆動人。奇怪的是，從他的神情到聲音都不像是男子，而是徹頭徹尾的女子。

『呵呵呵……我終於報仇了！哦呵呵呵！』

笑聲擾亂了臨終房裡緊繃的氣息，最後他笑著斷氣了。

那笑聲在寬敞的後書院中迴盪，我的背脊則像被澆了一盆冷水，泛起陣陣寒意。」

5

在我聽得入神的時候，其他乘客都已經下車了，車廂變得空蕩蕩的，只剩老師和我面對面而坐。

「那名年輕的男六部是——？」

「就是從前的新生寺住持吧。」

「意思是——伯父他殺了那個女人？」

「我不知道。」

「可是——伯父如果真的犯下了殺人罪，豈能若無其事當起法師？還有——那條蜈蚣為何會在他臨終時出現呢？」

「後書院位於山上，有蜈蚣跑入坐墊中並不罕見。尤其是下雨之前，蜈蚣經常黏在牆上。」

「所以，那只是巧合囉？」

「是啊，不過——不知為何，新生寺住持生前非常厭惡蜈蚣。」

「老師，應該不會有人喜歡蜈蚣吧？可是——為什麼他在臨終前變得那麼詭異呢？不但像個女人，還笑著死去——難道他真的發瘋了嗎？」

「嗯，問題就在這裡，這就是我們感興趣而致力研究的地方——」

「你們感興趣？」

「是啊，我們不確定是誰殺了那個女人，但是新生寺住持肯定是死在女鬼手上！」

老師的嘴唇勾起一抹神祕的微笑，然後陷入沉默。

我雖然聽不太懂，卻覺得毛骨悚然，不禁四處張望起來，生怕那飄渺的笑聲會從哪裡再次傳來。

作者簡介

大倉燁子（おおくら てるこ，一八八六—一九六〇）

日本小說家。一八八六年出生於東京府東京市（現為東京都文京區），本名物集芳子。在政治學者吉野作造的介紹下師事劇作家中村吉藏，後來陸續成為二葉亭四迷、夏目漱石的弟子，以本名或筆名「岩田由美」、「岩田百合子」發表過〈兄〉、〈生家〉、〈母〉等小說。

一九一〇年與外交官結婚並加入《青鞜》（女性文藝雜誌）。婚後以外交官夫人的身分前往美國以及南洋，為她愛好的文學之道帶入了豐富的題材。與丈夫居住在歐洲時接觸到柯南・道爾的作品。一九二四年離婚後，轉而撰寫推理小說，是戰前少數的女性偵探小說作家。在她為數眾多的諜報類作品之中，以私家偵探S夫人為主角的系列有大量國際事件的描寫，這和大倉燁子曾是外交官夫人的經歷有關。

一九三四年，發表〈妖影〉並附有菊池寬的推薦文。隔年，出版作品集《舞動的影繪》，成為日本首位出版單行本的女性推理小說家。大倉燁子戰前作品多為防諜題材，戰後則以犯罪小說為主，帶有心靈趣味、心理異常等要素；她所寫的推理小說並不是那麼的本格，更著重在故事人物的心理描寫，加上擅長以文學性的手法來描述故事，更成為她的獨特風格。

死亡預告

這次要輪到我了嗎？
野村胡堂的名警探推理短篇集

作　者｜野村胡堂　　譯　者｜張嘉芬
定　價｜360 元　　ISBN｜978-626-7096-10-9

藏在面具下的犯罪心理，往往來自意想不到的深刻羈絆。
愛恨情仇 × 人物關係 × 懸疑殺機……凶手就在身邊？

消失的女靈媒

操弄人心的心理遊戲，
大倉燁子的 S 夫人系列偵探推理短篇集

作　者｜大倉燁子　　譯　者｜蘇暐婷
定　價｜360 元　　ISBN｜978-626-7096-14-7

女性推理作家獨有的直覺、深度的人性描寫，開啟偵探小說新風貌！
怪奇心理 × 國際元素 × 機密魅惑……暗藏驚人的祕密？

鈴木主水

武士的非法正義，
久生十蘭的推理懸疑短篇集

作　者｜久生十蘭　　譯　者｜劉愛夌
定　價｜365 元　　ISBN｜978-626-7096-18-5

巧妙運用多種元素，堪稱最難以框架的推理。
虛實交錯 × 主題深刻 × 震撼人心……心底的怪物從何而生？

鬼佛洞事件

究竟是天譴還是謀殺？
海野十三偵探推理短篇小說集

作　者｜海野十三　　譯　者｜侯詠馨
定　價｜380 元　　ISBN｜978-626-7096-22-2

以科幻的趣味創作推理小說，用推理的謎團傳播科學的概念。
變格推理 × 心理認知 × 肉眼殘影……撲朔迷離的怪奇案件。

RECOMMENDED BOOKS

好書推薦

深夜的電話

藏在細節裡的暗號，
小酒井不木的科學主義推理短篇集

作　者	小酒井不木	譯　者	侯詠馨
定　價	380 元	ISBN	978-986-5510-61-9

至關重要的破案線索，就藏在你看不見的細節裡。
鑑識科學 × 醫學知識 × 顱骨復原術……這一次，
你能抓得出兇手嗎？

後光殺人事件

接近 99% 完美的犯罪，
小栗虫太郎的密室殺人系列推理短篇集

作　者	小栗虫太郎	譯　者	侯詠馨、蘇暐婷
定　價	340 元	ISBN	978-986-5510-76-3

難以理解的華麗謎團，見證了人類想像世界的極限。
神話 × 宗教學 × 精神分析……誰能解開謎底，找
到關鍵出口？

瘋狂機關車

有如日本的福爾摩斯探案，
大阪圭吉的本格推理偵探短篇集

作　者	大阪圭吉	譯　者	楊明綺
定　價	350 元	ISBN	978-986-5510-91-6

以嚴謹的解謎邏輯，鋪陳出魔術般的「不可
能犯罪」。
取材獨特 × 活用專業 × 氛圍營造……堪稱日
本短篇推理小說的上選之作。

人造人事件

隱藏在廣播中的死亡密碼，
海野十三科幻偵探短篇小說集

作　者	海野十三	譯　者	侯詠馨
定　價	360 元	ISBN	978-626-7096-04-8

幻想性十足的主題，犯罪手法超越讀者的想像邊界。
精密機械 × 信號操縱 × 化學實驗……令人目瞪口
呆的驚悚謀殺。

梟之眼

刑警「惡鬼山梨」智捕國際大盜，
大倉燁子推理短篇小說選集

書　　名　梟之眼
作　　者　大倉燁子
譯　　者　蘇暐婷
策　　劃　好室書品
特約編輯　霍爾、陳楷錞
封面設計　吳倚菁
內頁排版　洪志杰

發 行 人　程顯灝
總 編 輯　盧美娜
美術編輯　博威廣告
製作設計　國義傳播
發 行 部　侯莉莉
財 務 部　許麗娟
印　　務　許丁財
法律顧問　樸泰國際法律事務所許家華律師

藝文空間　三友藝文複合空間
地　　址　106 台北市安和路 2 段 213 號 9 樓
電　　話　(02)2377-1163

出 版 者　四塊玉文創有限公司
地　　址　106 台北市安和路 2 段 213 號 9 樓
電　　話　(02) 2377-1163、(02)2377-4155
傳　　真　(02) 2377-1213、(02)2377-4355
E-mail　service@sanyau.com.tw
郵政劃撥　05844889 三友圖書有限公司

總 經 銷　大和書報圖書股份有限公司
地　　址　新北市新莊區五工五路 2 號
電　　話　(02) 8990-2588
傳　　真　(02) 2299-7900
初　　版　2023 年 9 月
定　　價　新台幣 398 元
ISBN　978-626-7096-49-9（平裝）

國家圖書館出版品預行編目 (CIP) 資料

梟之眼：刑警「惡鬼山梨」智捕國際大盜，大倉燁子推理短篇小說選集 / 大倉燁子 著；蘇暐婷 譯
.-- 初版 . -- 台北市：四塊玉文創有限公司，2023.09
224 面；14.8X21 公分 . -- (HINT：13)
ISBN　978-626-7096-49-9（平裝）

861.57　　112012112

HINT

HINT